京都くれなゐ荘奇譚

呪われよと恋は言う

白川紺子

PHP
文芸文庫

○本表紙デザイン＋ロゴ＝川上成夫

目次

京都くれなゐ荘奇譚——呪われよと恋は言う

鈴を鳴らす者

『おまえは二十歳《はたち》まで生きられないよ』

幼いころから、それらは澪《みお》につきまとっていた。煤《すす》けた、黒い陽炎《かげろう》のようなもの。ぐにゃりとゆがんで、揺れている。それらが現れるときは、ストーブの熱でセーターが焦《こ》げたときのような、いやなにおいがした。

それらは決まって、こう言って嗤《わら》った。

『おまえは二十歳まで生きられないよ』

石を投げても、それらは消えない。逃げても、追いかけてくる。澪の生気を削《けず》って嗤っている。寝付く澪を見て嗤い、熱を出して苦しむ澪を見て嗤う。

『澪！』

涙をこらえ、歯を食いしばって黒い陽炎をにらむことしかできない澪のもとに、決まって従兄《いとこ》の漣《れん》が駆けつけた。漣の職神《しきがみ》が陽炎を追い払う。

『お守りを忘れるなって、いつも言ってるだろ……』

澪よりふたつ年上の従兄は、そう叱《しか》って澪にお守りを握らせる。

子供のころ、何度もくり返された光景だ。最近よく思い出すのは、なぜだろう。

澪は、今年、十六になる。

二十歳まで、あと四年。

「澪、早くしろよ。さき行くぞ」

玄関で漣が急《せ》かす。澪は襟元《えりもと》のリボンを直す間もなく、スカートのポケットにハンカチを押しこんで、あわてて玄関に走った。

「ハンカチ持ったか？　お守りは？」

漣は毎朝、これを確認する。澪はハンカチを入れたほうとは反対側のポケットから、桜柄《がら》の縮緬地《ちりめんじ》で作られた小さなお守り袋をとりだした。「持った」ちりりと小さな鈴の音《ね》が鳴る。

「落とすなよ」

「わかってるよ」

このやりとりも毎朝の恒例《こうれい》だ。あわただしく玄関を出ながら、ふたりそろって「いってきます」と家のなかに声をかける。「いってらっしゃい」と伯母《おば》の声が返ってきた。

夜のうちに雨が降ったのか、門までつづく石畳《いしだたみ》が濡《ぬ》れている。澪は左側に目を向けた。楓《かえで》と躑躅《つつじ》の植え込みの向こうに、社殿が見える。古ぼけた瓦《かわら》が濡れて、朝陽《あさひ》に白く輝いていた。その社殿から祈禱《きとう》の声が聞こえてくる。

「伯父《おじ》さん、こんな朝早くからお客さん？」

「出勤前に急いで祓《はら》ってもらいたい、とかじゃないか？」

伯父はこの神麻績《かんおみ》神社の神主《かんぬし》だが、どうやらそれだけではないらしい、と澪が気づいたのは、小学生のころだ。伯父をこっそり訪ねてくる客は、ああいう祈禱をしてもらって帰る。伯父の唱える文句は、ふだん神事で聞く祝詞《のりと》とは違って聞こえた。どう違うのか、はっきりとはわからないが――どちらもなにを言っているのかわからない、ということは共通している――とにかく怖《こわ》い雰囲気があった。小学生だった澪が、漣に、『伯父さんはなにをしてるの』と訊《き》いたら、『蠱《まじない》だよ』と返ってきた。

蠱。

伯父は――麻績《おみ》家は、昔から蠱師の一族なのだと、漣は言った。

たとえば、家から最寄《もよ》りの聖高原《ひじりこうげん》駅に向かい、松本駅の近くにある高校に至るまでのあいだ、道端《みちばた》に、森の上に、田んぼの畦《あぜ》に、澪は黒い陽炎のようなものを見る。物心ついたころから、ずっと見ている。漣はそれらを、邪霊《じゃれい》と呼んだ。死霊《しりょう》だとか、ひとの呪《のろ》いだとか、悪い気のたまり場だとか。禍々《まがまが》しいものをひっくるめて、蠱師はそう呼ぶのだそうだ。そして、蠱師はそれらを祓う者だと。

「澪、向かいの木のほう見るなよ」

駅舎を出て、高校に向かう道すがら、漣はふいに言った。

「え？」

そう言われると、かえってひとはそっちを見てしまうものではないだろうか。澪はつい、見てしまった。街路樹の陰に、黒く揺らぐ陽炎があった。目もないのに、澪は、見られた、という気配《けはい》を感じた。陽炎が動く。澪のほうに、引き寄せられるように。

「馬鹿」

ひとこと言って、漣は「颪《おろし》」とささやく。その途端《とたん》、つむじ風が巻き起こった。風は鋭《するど》く乾《かわ》いた音を立てて、陽炎を切り裂いた。一瞬の出来事で、周囲にいるひとは皆、突風が吹いたくらいにしか思っていない。だが、澪には狼《おおかみ》が黒い陽炎をその牙《きば》と爪《つめ》で引き裂く姿が見えた。狼の名は、颪。漣の職神のひとつだ。

蠱師は、使役霊《しえきれい》である職神を持つ。澪はこれが、うらやましい。澪は邪霊は見えても、蠱師の才はない。やたらと邪霊を引き寄せやすい体質のくせに、祓う力がないから、澪はよく熱を出す子供だった。邪霊は澪の気力と体力を削ってゆく。いまもそれは変わらない。しょっちゅう熱やら貧血やらで倒れては、学校を休んでいる。

「気をつけろよ」

漣は澪をかばうように前に立って歩く。この従兄はいつもそうだ。襟に緑のラインが入った、学校指定の白いポロシャツを眺《なが》めながら、「わたしも狼が欲しいなあ」とぼやいた。

「おまえにもいるだろ」

「わたし、見たことないもん」

「いるんだよ、ちっこい、白い狼が」

澪には、狼がついているという。正確には、澪が持っているお守り袋に。これは両親の形見《かたみ》だった。漣は子供のころ、一度だけそれを見たのだそうだ。気を失った澪のそばで、邪霊相手に吠《ほ》えていたと。

「それって、いざっていうときに頼りになるのかなあ……」

「とにかく、お守りは大事にしろよ。落とすんじゃないぞ」

「わかってるよ」

漣は口うるさい。何回言えば気がすむのだろう、といつも思う。

「おはよ。なんの話？」

うしろから声がかかって、澪も漣もはっと口をつぐむ。気づいたら校門前まで来ていて、まわりには生徒たちがたくさんいた。そこまで変な話はしてなかったはず、と会話を思い返す。邪霊だの蠱だのと話しているのを聞かれたら、どんな目で見られるかわからない。

澪はふり向いた。

「おはよう、美矢《みや》ちゃん」

声をかけてきたのは、中学からの同級生、西野《にしの》美矢だった。栗色《くりいろ》の髪を肩のあたりで切りそろえた、かわいらしい顔立ちの少女だ。セーラーブラウスの制服がよく似合う。澪は、この制服はかわいらしすぎて自分には似合わないのではないかと、ひそかに気にしている。

「麻績先輩も、おはようございます」

美矢は漣にもにこやかにあいさつするが、漣は「おはよう」とそっけなく返しただけで、ひとりでさっさとさきに行ってしまった。

「……ごめんね、漣兄《にい》、無愛想《ぶあいそう》で」

従妹《いとこ》の友人相手にもうすこし気を遣《つか》ってくれても、と思うが、美矢は「そこがいいんじゃない」と言うのだから、わからない。

「いいなあ、毎朝いっしょに登校できて」

ため息まじりにうらやましがられる。

「毎朝、小言《こごと》がうるさいだけだよ……」

「えっ、麻績先輩、小言なんて言うの？　わたしも言われたい！」

なにをどう想像しているのか、美矢は勝手に盛りあがっている。

「麻績先輩、面倒見《めんどうみ》がよさそうだもんねえ」

「そう……？」

「いつも澪ちゃんを守るように立ってるじゃない。ほんとうの兄妹みたい」

よく見てるな、と思う。

「おなじようなものだから」

「ほぼ兄妹？」

「うん」

「だからなのかな、ふたりって、雰囲気が似てるよね。ふたりそろってるとね、声をかけづらいんだよ、完璧《かんぺき》すぎて」

「完璧？」

「完璧に美しいの」

美矢は、独特の感性をしていると思う。彼女は澪の長い髪を手にとり、うらやましそうに撫《な》でる。

「いいなあ、澪ちゃんの髪、黒くてつやつやで。わたしの髪、猫っ毛だから」

「かわいくていいと思うけど……」

「そうだね、わたしの背と顔で黒髪でも似合わないか。澪ちゃんは背が高いし手足もすらっとしてるから、この長い髪が似合うんだよねえ」

美矢は髪につづき、澪の腕を撫でる。生温《なまあたた》かい指が皮膚の上を這《は》う。澪は美矢のひとなつっこさが好きだが、ときおりべたべたしすぎるところは、苦手《にがて》だった。

「……澪ちゃん、なんか痩《や》せた？　夏バテ？　大丈夫？」

そのぶん、こうしてすぐ変化に気づく。澪は微笑を浮かべた。

「ちょっとね、うん、夏バテかな」

「澪ちゃん、体弱いんだから、気をつけないと。素麺《そうめん》ばっかり食べてちゃだめだよ」

「そうだね。気をつけるよ」

澪は学校でもよく倒れるので、すっかり病弱な生徒というレッテルが貼《は》りついてしまった。そのたび漣が保護者のごとく駆けつけるのも、定着している。

下駄箱《げたばこ》の前で、「そうだ」と美矢が思い出したように言った。

「ねえ、澪ちゃん、夏休みにさ、京都旅行しない？　藍《あい》ちゃんとか、キョウちゃんとかと計画してるんだけど」

藍ちゃん、キョウちゃん、というのは、たしか美矢の部活友達だ。

「京都までは……無理かな。伯父さんがだめって言うと思う」

京都旅行という響《ひび》きには正直心惹《ひ》かれたが、伯父が許可しないだろう。澪は伯父からつねづね、『長野から出てはいけない』と言い聞かされてきた。なぜだかは知らない。だが、伯父の言うことは絶対だ。

「そんな遠くないでしょ？　それならどこだったらいいの？」

「どこっていうか……」

「日帰りならいいんじゃない？　日帰りでこっそり行って帰ればさ、伯父さんも気づかないよ、きっと」

「うーん……」

「わたし、澪ちゃんと行きたいなあ」

伯父の厳命は破れない。でも、友人と旅行には行ってみたい。

考えといてね、と美矢に言われて、澪は、うなずいていた。

日帰りならばれない、だろうか……ばれたら大目玉を食らうのは間違いないだろうが。

しかしそもそも、どうして澪は長野を出てはいけないのか。遠出して倒れたらまずいからか。いままでとりたてて遠出したいと思ったこともないので、不都合はなかったのだが……。

放課後、家路につきながら、澪は悶々《もんもん》と考えこんでいた。聖高原駅で電車を降りて、田んぼ沿いの道を歩く。下校時はひとりだ。なるべくうつむいて、周囲の変なものが目に入らないようにする。ほんとうなら、このあたりは青々とした山に囲まれて、景色《けしき》がとてもいい。夏場でも涼《すず》しい、絶好の避暑地だ。近くの高原には別荘も多い。

長野県、麻績村。古代から交通の要衝《ようしょう》だった土地で、江戸時代には宿場町として栄えたそうだ。いまでも古い家屋敷が残っている。麻績家もそのひとつである。麻績というのは麻《お》を績《う》む——麻の繊維《せんい》を布に織るために糸にすることをいう。古くは、麻績部《おみべ》といって、麻績を作って朝廷に納める人々がここに住んでいたのだ。ようするに、かなり歴史の古い土地なのである。

麻績家がどうして蠱師になったのか、いつから蠱師なのか、詳《くわ》しいところを澪は知らない。ちゃんとわかっているのは、澪が二歳のときに両親が交通事故で死んでから、伯父夫婦が澪を引き取って育ててくれた、ということだ。それから――。

「おまえは二十歳まで生きられないよ」

ざらついた声が響いて、澪は足をとめた。

「おまえは二十歳になるまえに死ぬよ」

邪霊の声は、細かな砂利《じゃり》をこすりつけるような、耳障《みみざわ》りな音を立てる。決してひとの声ではない。胸のなかを引っかかれているようだった。澪は唇《くちびる》を噛《か》んで、ふり返らず、足を速める。ふり返って、相手をしてはいけない。聞こえないふりをして、やりすごすのだ。そうでないと、乱れた心の隙間《すきま》にあいつらは爪を立てようとしてくる。

麻績家の鳥居《とりい》が見えてきたときには、ほっとした。ほとんど走るようにして、古木の鳥居をくぐる。背後に漂《ただよ》っていたいやな空気が、さっと消えた。邪霊は神社のなかには入ってこられない。

大きく息を吐《は》いた。

――わたしは、二十歳まで生きられない。

物心ついたときから、邪霊たちは口々に澪に告げる。邪霊たちの呪いが、粉砂糖《こなざとう》のように日々まぶされる。

「……帰ってたのか」

はっと顔をあげると、伯父が社務所から出てくるところだった。四十代のこの伯父は、厳《いか》めしい顔つきと歳《とし》のわりに白髪《しらが》が多いせいで、老《ふ》けて見える。愛想《あいそ》のないところは、いかにも漣の父親らしい。

「う……うん、いま帰ってきたとこ。ただいま」

伯父は澪の顔をじっと眺めたあと、

「おかえり」

とだけ言って、社務所に戻っていった。用があって外に出てきたわけではないらしい。

澪は家のほうに足を向け、玄関の引き戸を開ける。古い家なので、戸は重く開けにくい。そろそろ敷居《しきい》に蠟《ろう》を塗《ぬ》って滑《すべ》りをよくしなくてはならない。

「ただいま」と声をかけて靴《くつ》を脱《ぬ》ぐと、「おかえり」と伯母の明朗《めいろう》な声が返ってくる。居間《いま》に入ると、伯母はなにかの帳面をつけていた。たぶん、蟲師関連の帳簿《ちょうぼ》だ。伯母は帳面を閉じて、「ああ、肩凝《こ》った」と伸びをする。

「伯母さん、玄関に蠟塗っておこうか。だいぶ開けにくいよ」

「ああ、大丈夫、大丈夫。週末に漣にやらせるから」

「そう……?」

こういうとき、強引《ごういん》に自分がやると押し通したほうがいいのか、引くのが正解なのか、いまだに澪はわからない。

「手、洗ってらっしゃいよ。お茶淹《い》れるから」

「うん」

洗面所で手を洗っていると、ぼんやりと、邪霊の言葉がよみがえってくる。

――おまえは二十歳まで……。

伯父に訊いたことがある。わたしは二十歳までに死んでしまうのかと。

伯父は顔をこわばらせて、返事をしなかった。それが返事だった。以来、面と向かってこの呪いについて、訊けていない。
・すこしずつ、すこしずつ、己《おのれ》の身が、削りとられてゆくような心地《ここち》がする。
二十歳の直前に死ぬのか、それとも今日明日にも死ぬのか、どうなのだろう。切迫感があるようで、ないような。向き合いたくないから、目をそらしている。

顔をあげると、鏡のなかに自分の姿が映《うつ》る。肌が青白い。死相《しそう》というのは、あるのだろうか。どんなものだろう。もしそれを自分の顔に見つけてしまったら、どうすればいいのだろう。

　澪は最近、鏡を見るのが怖い。


　夏休みまであと一週間に迫ったころ、澪は美矢から再度、京都旅行に誘われた。

「伯父さんにばれるのが怖かったら、学校に用事があるふりして家を出ればいいいんじゃないかな。出発は別行動になるけど、京都でわたしたちと待ち合わせるの」

　美矢は食べ終えたお弁当を脇にのけて、机《つくえ》に身をのりだす。昼休みの教室は、ほどよい喧噪《けんそう》と弛緩《しかん》した空気に包まれている。

「行くのは夏休み初日だから、学校に忘れ物したとでも言えばいいよ。わたしたちは泊まりだけど、日帰りでもきっと楽しいよ」

　嵐山《あらしやま》に行って、四条《しじょう》あたりで買い物して、清水寺《きよみずでら》にも行きたいよね――などという美矢のうきうきとした声を聞いていると、澪も心を惹かれた。

「祇園《ぎおん》でパフェを食べたいんだよね。かき氷もおいしそうなとこがあってね。ね、行きたくない？」

　行きたい。澪だって甘いものは大好きだ。

「……行こうかな」

「えっ」

美矢が目を丸くした。「ほんと?」

「伯父さんに……というか、漣兄に見つからなかったら、行ける……と思う」

「麻績先輩かあ」

伯父にばれるかどうかは、漣に気づかれるかどうかで決まるだろう。漣はめざといし勘が鋭い。澪に変わったところがあれば、すぐに気づく。

「澪ちゃんはほんとうに、麻績先輩に大事にされてるよねえ。いいなあ」

「過保護なだけだから……」

「贅沢《ぜいたく》なこと言って」

もし気づかれずに家を出ることができて、電車に乗れたら、美矢の携帯電話に連絡を入れる、ということを決めた。秘密のミッションのようで、いくらかわくわくする。

「行けなかったら、ごめんね」

「そしたら、冬休みか春休みにまた行こうよ。ねっ」

美矢は軽《かろ》やかに言って、笑った。美矢のこうした軽やかさは、考えこみがちな澪を楽にしてくれる。澪も笑った。

「でね、学校の近くに神社があるじゃない？」

「え？」

なにが『でね』なのか、と思ったが、美矢は早くもつぎの話題に移ったらしい。美矢のおしゃべりはいつも、やはり軽やかに転《ころ》がる。

「願掛《がんか》けに行かない？」

「……願掛け……」

妙に古めかしい言葉が出たな、と思う。美矢らしくない。

「あの神社、昼間でも暗くて薄気味《うすきみ》悪いでしょ。無人だし。誰もお詣《まい》りとかしてないっぽいよね。でもね……」

願いがかなうんだって、と美矢は声をひそめて言った。

「お祖母《ばあ》ちゃんから聞いたの。昔から言われてるんだって。あの神社で願掛けすると願いがかなうって」

なるほど、祖母に聞いた話だから、願掛けなんて古い言葉が出てきたのか。澪は紙パックのカフェオレをすすりながら、美矢のおしゃべりを聞く。

「お詣りに行けばいい、っていうんじゃないんだよ。あの神社、神社っていうか古い鳥居とちっちゃな祠《ほこら》がひとつあるきりでしょ、それを木が囲んでて、薄暗くて。

その祠のすぐそばにある椿《つばき》の葉っぱを一枚、とってきてお守りにするの。そうすると願いがかなうんだって」

それがほんとうなら、ひとがわんさと押しかけて、椿の葉などとうにすべてむしりとられていそうだが。

無論、美矢も本気で言っているわけではないだろう。

「お祖母ちゃんが若いころ、女の子たちのあいだで流行《はや》って、手製のお守り袋に入れて持ってる子が多かったって言ってた。願いはかなったの？　って訊いたら、『さあねえ』なんて言ってたけど。古くて、すごく大きな木なんだって、その椿」

「ふうん……」

「澪ちゃん、よその神社に行ったりしたら怒られる？」

「そんなことないけど」

「じゃあ、行こうよ。いっしょに願掛けしよう？　ひとりで行くのは怖いんだもん」

美矢は両手を合わせて澪を拝む。

「まあ……ついて行くくらいなら……」

「ほんと？　うれしい！　じゃ、今日の放課後ね」

「え、今日？」

「用事ある？」

「ないけど……」

「じゃ、今日ね」

美矢はうれしそうに笑っている。

——まあ、ちょっと寄るくらいなら遅くなったりしないか……。

帰宅が遅れるときはあらかじめ言いなさい、と伯父に言われている。門限があるわけではないが。

——そんなに願掛けしたいことがあるのかな。

弁当箱を鞄《かばん》にしまいながら、澪はもうつぎの話題に移っている美矢の顔を眺めた。


こんもりとした森のなかに、その祠はあった。木陰《こかげ》が濃く、蟬《せみ》の鳴き声がうるさいのに、肌寒い。カーディガンが欲しくなる。澪は腕をさすった。

「ね、ひとりで来るのは怖いとこだよね」

美矢は澪の背中にくっつき、あたりをこわごわと見まわしている。

「椿の木って、あれ？」

澪は祠のかたわらにある木を指さす。古ぼけた祠はほとんど朽《く》ちかけているよう

に見えるが、椿は幹《みき》も太く、大きく枝を広げ、青々とした葉を茂らせている。澪は
これほど大きな椿の木をはじめて見た。
「椿って、こんなに大きくなるものなんだね」
澪は感嘆《かんたん》の声をあげたが、美矢はただ怖がるように目をしばたたかせるのみだった。
「葉って、どれでもいいの？」
枝のひとつを手にとり、小柄《こがら》な美矢にも手が届くように引き寄せる。
「あ……ありがとう」
美矢はおずおずと手を伸ばし、枝から葉を一枚、ぷつりとちぎった。深い緑の、
つややかな葉だ。美矢は葉を手に、祠の前に立つと、深々と頭《こうべ》を垂《た》れる。祠の扉《とびら》は
ぴったりと閉まり、なかになにがあるのかわからない。澪はなんとなく、なにもな
いのではないか、と思った。この祠にも、この場にも、空虚《くうきょ》さだけが漂っている。
木々は手入れされた様子もなく野放図《のほうず》に枝を伸ばし、蔦《つた》が絡《から》みついている。地面に
は雑草が生《お》い茂り、祠は板が腐《くさ》り、傾いていた。あきらかに放置された社《やしろ》だ。放置
されたゆえに空虚なのか、空虚だから放置されたのか。
――むしろ……。
澪は熱心になにごとか祈っている美矢の背中から、椿に目を移す。緑が濃いわり

に、夏の緑特有の旺盛《おうせい》な生命力を感じない。重なり合う葉の暗い翳《かげ》は、その奥に禍々しいものが潜《ひそ》んでいるような、そんな気がした。

――まるで、邪霊みたいな。

澪は無意識のうちに、あとずさっていた。どこかで鈴の鳴る音がする。お守り袋についている鈴か、とポケットに手を入れたが、もっと違うところで鳴っているように思える。しかし、どこから聞こえてくるのかわからない。近いようでもあり、遠いようでもあった。

石を踏んでしまい、澪は体勢を崩《くず》して転んだ。鈴の音が消える。

――なんだったんだろう。

顔をあげると、美矢がふり返っていた。祈り終えたのか、澪が転んだ音に驚いたのか。逆光になって、表情が見えない。

「澪ちゃん……大丈夫？」

「うん、ちょっと、石につまずいて」

「わたし、ずっと澪ちゃんに訊いてみたかったことがあるんだけど」

「え？」

「澪ちゃんが、麻績先輩の許婚《いいなずけ》だって噂《うわさ》、ほんとう？」

「い……許婚？」

なんだそれは、と澪は目をむく。

「そんな噂があるの？　というか、許婚ってまた、古風な……いやともかく、ないから。そんなの、ありえない」

どこからそんな噂が、と思いつつ、立ちあがってスカートの土埃《つちぼこり》を払う。

「ありえなくはないんじゃないの？　だって、従兄妹《いとこ》なら結婚できるんだし」

「ない、ない。ほんとにないから」

きっぱりと強く否定する。美矢は沈黙し、うつむいた。

「どうしたの、急にそんなこと。美矢ちゃん？」

美矢に歩みよる。美矢は椿の葉を胸に抱くように握りしめている。光の加減なのか、顔が青ざめて見えた。

「気分でも悪いの？」

「なんか……寒い」

「汗が冷えたんじゃない？　帰ろう」

美矢はおとなしく、こくりとうなずいた。来たときとおなじように、澪はさきに立って歩きだす。いまにも倒れそうな傾《かし》いだ鳥居をくぐり、路地に出ると、急に暑さが迫ってきた。うんざりする暑さなのに、このときばかりは、ほっとした。

駅に向かい、電車に乗るころには、美矢はもうすっかりもとのおしゃべりで軽やかな美矢に戻っていた。

――いったい、なんだったんだろう。

あの場の雰囲気が、美矢をいつもと違うふうに見せただけだろうか。

このときもっと、ちゃんと美矢の話を聞いていたらよかったのかもしれない。そうしたら――と、澪はあとになって何度も、このときのことを思い返す。

帰宅して制服を着替えていた澪は、ポケットからお守りをとりだそうとして、固まった。

ない。

ポケットにはなにも入っていなかった。あわてて反対側のポケットに手をつっこむも、そちらにもない。

顔から血の気《け》が引いた。

――なくした……落とした？　どこで……あっ。

脳裏《のうり》に美矢と行った神社が浮かぶ。澪はあそこで転んだのだ。あのとき落としたのだろうか。

澪は時計を見やる。いまからさがしに戻っていたのでは、日が暮れてしまう。暗くなってはさがせないいし、昼間でも不気味《ぶきみ》なのに、暗いときに足を踏み入れたくはない場所だ。明日の朝、始業前にさがすか、放課後さがすか。なくしたのが漣にばれたら、怒られる。早く見つけないと……。

翌朝、澪は「今日提出の課題があるのを忘れてて、学校でやるから」と伯母に告げ、漣が起きてくる前に家を出た。

学校に向かう前に昨日の神社に寄る。朝陽に照らされた神社は、昨日よりも明るく、清々《すがすが》しく見えた。

転んだあたりをさがしてみるが、お守りは、ない。あるのは草と石ころばかり。祠の周辺や、椿の下も見てみたものの、やはりなかった。ここで落としたのでないのなら、どこだろう。

肩を落として神社をあとにする。もしかしたら、と思い、登校してきた美矢にお守りを見なかったか訊いてみたが、「知らない」と返ってきた。

「お守りって、あの、桜柄の?」

「うん、そう」

「なくしたの？」

「落としたみたい……たぶん、昨日の神社で」

「大事なものなの？」

「うん、まあ」

「そっか。見つかるといいね」

「うん……」

うなずきながら、澪は妙な違和感を抱《いだ》いた。美矢の返答が、あからさまに他人事《ひとごと》だったからだろうか。『わたしもいっしょにさがすよ』と言ってくれるのを期待していたのか。

——だって、美矢ちゃんがひとりじゃ怖いと言うから、つきあったのに……。

もやっと胸中に浮かんだ思いに、息をつく。勝手に期待して、勝手にがっかりするなんて、馬鹿げている。

放課後、もう一度さがしてみよう、と思った。

結局、お守りは見つからなかった。漣に相談しなくては、と思いながらも一日たち、二日たち……そうしているうち、夏休みを迎えてしまった。

——京都から帰ったあと、相談しよう……。

絶対に怒られるのがわかっているから、だめだとわかりつつも、先延ばしにしてしまう。余計に怒られることになるというのに。

いまいち本気で「まずい」という気持ちにならないのは、澪があのお守りの力を信じていないのと、両親の形見というものに対する一種の抵抗感からである。

顔もろくに覚えていない死んだひとたちの遺品を「形見」として押しつけられることに、薄気味悪さを感じる。でも、そんなこと、口には出せない。両親の形見なんだから、大事に思って当たり前だろう、という空気がある。

——もう死んでしまった両親より、伯父さんたちを慕《した》いたいと思うのは、いけないことなのだろうか。

両親への裏切りになるのだろうか。

——なくなったらなくなったで、ひとつすっきりするかもしれない。

そんなことを考えながら、夏休み初日の早朝、澪は家を出た。漣が起きないうちに、伯母には「学校に忘れ物をした」と言って。「せっかくだから、学校の図書室で自習してくる」とも付け加えた。これで今日一日、澪は自由だ。

松本駅に着いたら、特急で名古屋に向かう。名古屋から京都までは、新幹線だ。

およそ四時間。昼前には京都に着く。どこかで制服から私服に着替えようかとも考えたが、荷物になるし、面倒なのであきらめた。

　さきに京都に向かっている美矢たちとは、京都駅の中央口改札で待ち合わせだ。ひとりでこれほど遠出したことのない澪は、めずらしく気分が昂揚《こうよう》していた。車窓《しゃそう》から見える景色は、どこを通ってもさして変わりはなかった。山間《やまあい》には点々と集落があり、平地になれば田畑が広がり、駅前には民家が密集している。そのくり返し。麻績村もよその土地もたいして変わらないんだな、と思ったが、新幹線を降りたとたん、その考えは改めた。変わらなくはない。

　暑い。

　なんだこの暑さは。松本だって暑いが、それとは質が違う。なんだろう、このまとわりつくような熱……いや、湿気《しっけ》だ。肌を覆《おお》うような濃い湿気。息が苦しいくらいだ。

　――これ、わたし無事に観光できるのかな……。

　すでに辟易《へきえき》しながらホームを歩き、改札を出る。ひとが多い。吹き抜けのある駅ビルは広くて開放的で、都会だなあ、などと思う。澪は改札口周辺を見まわし、ひと待ち顔の旅行客のなかに美矢の姿をさがした。女子高生らしい若い女の子たちのグループはいくつもあったが、美矢はいない。あたりをすこし歩き回ってみても、見当たらなかった。

待ち合わせ場所は間違ってないはずだけど……と、澪は携帯電話をとりだし、新幹線のなかで美矢に送ったメッセージを確認する。新幹線の到着時刻を知らせたものだった。メッセージは既読になっていない。見てくれてないのだろうか。改めてメッセージを送るが、数分待っても既読になる様子はない。しかたないので、電話をかける。

電話は存外、すぐに通じた。「はい?」と美矢の声がする。背後に雑踏《ざっとう》のざわめきが聞こえていた。

「美矢ちゃん、わたし、京都駅に着いたんだけど、いまどこにいる?」

一瞬の間のあと、「えっ?」という驚きの声がした。

「澪ちゃん、京都に来たの? 嘘《うそ》ォ」

「嘘、って……」

「てっきり来れないと思ってた」

「……新幹線に乗れたって、到着時刻もメッセージ送ったけど」

「え、そうなの? ごめん、見てない」

澪はつぎに言うべきことが思い浮かばなくなった。美矢の声には、うっすらといやな嗤いがにじんでいる。じゃあ合流しようよ、とか、こっちおいでよ、などと、美矢は言わない。そこにある感情を感じとれないほど、澪は鈍《にぶ》くはない。

――いつから。

「美矢ちゃん……」

口のなかが乾いて、舌《した》が回らない。指先が冷えてくる。

澪は唇を嚙んだ。はなから、そういうつもりだったのだろうか。来させておいて、すっぽかして、嗤う……。

――どうして。

「あのね、澪ちゃんは知らないだろうけど」

いつもの美矢ではない、押し殺した声が響く。

「わたしはずっと、澪ちゃんが嫌《きら》いだったよ」

美矢の声が、胸の奥に重く沈んだ。頭の芯《しん》が痺《しび》れて、暑いのに、体は冷えてゆく。鼓動《こどう》の音がうるさい。舌が干《ひ》からびて、言葉が出なかった。

「いつもいつも、麻績先輩をひとりじめして、当たり前って顔をして」

「……漣兄……？」

「ずるいよ、澪ちゃん」

その声には、大きな塊《かたまり》を吐き出すような、苦しげな響きがあった。それがすこしばかり、澪を冷静にさせる。

――苦しいんだ。

澪を嗤いたいだけなら、こんな声は出ない。

「泣いてるの、美矢ちゃん」

「泣いてなんか……」

「どこにいるの？　みんなと一緒なの？」

長い沈黙のあと、か細い声が聞こえた。

「……祇園。わたしひとり。みんなで旅行なんて、嘘。わたし、ひとりで……」

美矢の声は震《ふる》えている。

「祇園のどこ？」

「……ねえ、澪ちゃん。わたし、澪ちゃんのお守りを持ってるの」

「えっ？」

「わたしが拾ってたの。あの神社で、澪ちゃんが落としたとき。麻績先輩と、お守りがどうとか話してたことあったでしょ。これがそうなんだと思って。澪ちゃんの大事なものなら、旅行の途中でどっかに捨てちゃえと思って……」

美矢の声はだんだんと、疲れたように細く震えて、小さくなる。

「……でも、捨ててないんだね？」

すすり泣くような声が聞こえた。その向こうに鈴の音がして、澪はぎくりとする。

――この音は。

あの神社で耳にした鈴の音だ。

「胸のなかがぐちゃぐちゃで、よくわからないの。あの神社に行ったときから、頭のなかが真っ暗になるときがあるの。澪ちゃん……」

「美矢ちゃん、祇園のどこにいるの？　いまから行くから」

「よくわからない……大きな川のそばにいる。ひとが多くて、疲れたから」

「じゃあ、そこで休んでて。いまから行くよ」

「いいの、来ないで。来なくていい」

電話はぷつりと切れた。かけ直そうか迷ったが、すこしでも早く駆けつけるほうを選んだ。鞄から京都のガイドブックをとりだし、祇園の地図を確認する。

「大きな川っていうと、鴨川《かもがわ》でいいのかな……祇園のなかにある川は小さそうだし……」

とりあえず向かおう、と歩きだす。駅前のバスターミナルは多くのひとでごったがえしているうえ、どれに乗ればいいのかよくわからず、タクシーを選ぶ。「あの、祇園のそばの、鴨川に行きたいんですけど」とあやふやな行き先を告げると、年配の運転手は「鴨川沿いでええの？　祇園に行くんなら、四条通《どおり》沿いで降りたほうが楽やと思うけど」と親切に助言してくれた。

「友達と待ち合わせをしていて」

「ああ、なるほど。ほな、四条大橋あたりでええかな」

よくわからなかったが、「お願いします」と言っておいた。タクシーがなめらかに走りだして、ほっと息を吐く。

「修学旅行？　ひとりでタクシー乗るて、めずらしいけど」

話し好きの運転手なのか、車を走らせながら話しかけてくる。

「いえ――」なんと答えたものか迷っていると、握りしめたままだった携帯電話が震えた。はっと画面を見る。美矢かと思ったが、違った。漣だった。思わず「うっ」と声が洩《も》れる。

――まさか、ばれた？

通話ボタンに触れる。その途端、「おい、どこにいる」と低い声が聞こえてきた。怒っているときの漣の声だった。

「ど、どこって、学――」

「学校じゃないのはわかってる。正直に言え」

「……………京都」

重い沈黙のあと、深いため息が聞こえた。

「よりによって」

「え？」

「いや、それはいい。もう言ってもしかたない。とにかく、おまえは神社にでもいろ。俺《おれ》もいまからそっちに向かう」

「えっ」

「迎えに行く。おとなしくしてろ」

一方的に言って、漣は通話を切った。漣の声は静かだったが、それだけ怒っているということである。澪はうなだれた。

「お客さん、もうすぐ四条大橋やで」

「あ、はい」

そうだ、いまはまず美矢ちゃんに会わないと――と、気を取り直す。

四条大橋をすこし過ぎたあたりでタクシーから降りた澪は、周囲を見まわした。四条通の歩道はひとでいっぱいだったが、そこと南北に交差する鴨川沿いのこの歩道は、閑散《かんさん》としてひと影はまばらだ。川の岸辺のほうが、よほどひとがいる。ときおり自転車が脇を通り過ぎていった。

美矢の姿は、ない。岸辺に目を凝らすが、そちらにもいる様子はなかった。

——どこに行ったんだろう。

じわじわと首筋に浮かんでくる汗を、手の甲《こう》でぬぐった。照りつける日差しが道路に反射してまぶしい。ゴムが焼け焦げるような、いやなにおいがした。

ふいに背筋《せすじ》に悪寒《おかん》が走り、汗がしたたり落ちた。背中から覆い被《かぶ》さるようにして、影が澪の顔をのぞきこんだ。ゆらゆらと揺れる黒い陽炎が、顔のすぐそばにあった。

陽炎の輪郭《りんかく》はあいまいだったが、血走った目だけがはっきりとあり、ぐるぐると動いている。獣《けもの》のような息遣《いきづか》いを感じた。生温かい息が耳にかかって、肌が粟立《あわだ》つ。悲鳴を呑《の》みこみ、澪は駆けだした。

が、いくらも走らぬうちに澪は足がもつれて転んでしまった。膝《ひざ》をすりむいたらしく、じんじんと痛んだが、そんなことにかまってはいられない。すぐに立ちあがろうとしたものの、足首を引っ張られて手をついた。見れば、枯れ枝《かえだ》のような手が足首をつかんでいる。黒い陽炎は、いつのまにかひとりの老人の姿になっていた。頭髪がほとんど抜け落ち、骨と皮ばかりに痩せこけた老人だ。

白く濁《にご》った目は澪を見ていない。歯のない口がぱくぱくと動いた。手をふりほどこうともがけば、逆に老人の指が足首に食いこんだ。

突然、老人の背中が盛りあがった。みるみるうちにそれはふくらんで、老人の寝《ね》巻《まき》を破る。頭だった。中年男性の顔だ。頬《ほお》がこけ、無精《ぶしょう》ひげがだらしなく伸びている。充血した目がぎょろりとせわしなく動いている。その視線が、澪を見つけてぴたりととまった。老人の肩が隆起《りゅうき》して、手が生《は》える。手はずるずると伸びて、老人の手の上から澪の足首をつかんだ。老人の手はぐしゃりと折れて砕《くだ》ける。容赦《ようしゃ》ない力で足首を締《し》めあげられて、澪の口から悲鳴が洩れかけた。

「於菟《おと》」

ふいに、冷えた声が響いた。その声が聞こえた瞬間、まわりの音も暑さも消え失《う》せたような気がした。

少年の声だ、と認識したと同時に、澪の目の前を大きな影が掠《かす》めた。男をくっつけた老人の姿が吹き飛び、澪の足首を縛《いまし》めていた力も離れる。

身を起こした澪が目にしたのは、一頭の虎《とら》が、男の喉笛《のどぶえ》に嚙みついている光景だった。

――虎⁉

褐色《かっしょく》に黒の縞模様《しまもよう》の被毛《ひもう》、鋭い牙と爪を持つ、紛《まご》うことなき虎である。成人男性より軽くひとまわりは大きい。がっしりとした脚《あし》が、老人の体を押さえつけていた。虎が、ぶんと首をふる。なにかが澪の足もとに飛んできた。ぎょろりとした目。男の首だった。澪が悲鳴をあげる前に、それは黒い陽炎に戻ってゆく。陽炎は、細く薄くたなびき、澪の後方へと流れていった。澪は目でそれを追い、うしろをふり向いた。

高校生くらいの少年が立っていた。制服なのだろう、胸にエンブレムの入った水色のシャツに、ダークブラウンのスラックスという出《い》で立《た》ちだ。その顔を見た途端、澪は奇妙な懐《なつ》かしさに胸を貫《つらぬ》かれて、息がつまった。

どうしてだろう。会ったこともないひとなのに。

会ったことがないというのは、確実だった。なぜなら、一度でも見たら忘れない顔だ。鼻筋の通った、おそろしく端整《たんせい》な顔立ちで、涼しげな目もとが蠱惑的《こわくてき》ですらある。佇《たたず》まいは凜《りん》として、彼の周囲だけ冬のように空気が張りつめている気がした。

彼もまた、澪を凝視《ぎょうし》していた。表情はない。陽炎が彼のほうに漂ってゆく。つと彼は視線を外《はず》し、それに手を伸ばした。

陽炎が彼の手にまとわりつく。それを彼は巻きとるように指を動かしたかと思うと、ぎゅっとこぶしを握った。陽炎が消える。手を開くと、手のひらの上に黒い石のようなものがのっていた。彼はそれをつまんで、無造作《むぞうさ》に口にほうりこむ。喉が上下して、飲みこんだのがわかった。

――食べた？　邪霊を？

彼の目がふたたび澪に向けられる。

「なんで京都に来たんだ」

冷えた声だった。それでいて、痛みをはらんでいるような声音《こわね》だった。なじられているのだと、すこしして気づいた澪は、目をしばたたいた。

「どういう――」

訊き返そうとして、澪は額《ひたい》のあたりがすっと冷えてゆくのを感じた。指先も冷たい。貧血だ。邪霊に触れられると、いつもこうなる。まずい、と思ったときには、テレビがふつりと消えるように目の前が暗くなっていた。

目を開けると、板目《いため》の天井《てんじょう》が見えた。ぼんやりとして、何度かまばたきをくり返す。自分の部屋の天井ではない、ということにようやく気づいて、澪は目を動かした。部屋のなかは薄明るい。左側に障子《しょうじ》があり、陽光が淡《あわ》くさしこんでいる。

澪は肘《ひじ》をついて、ゆっくりと体を起こした。がらんとした八畳間に澪は寝かされていた。調度類はいっさいなく、三方を襖《ふすま》に囲まれている。襖には竹林《ちくりん》と仔犬《こいぬ》が描かれていた。欄間《らんま》にも竹だ。どういう意味のある意匠《いしょう》なのか、澪にはわからない。が、贅沢な造りであるのはわかった。

音もなく障子が開いて、澪はぎくりとする。その向こうに、あの制服姿の少年が立っていた。表情のない目で澪を見て、「起きたか」とつぶやく。

「あの……ここは」

口のなかが乾いていて、うまく声が出ない。

「俺の屋敷だ」

屋敷、と澪は室内を見まわす。

「あの場に放っておくわけにもいかないから」

と、彼は億劫《おっくう》そうにそれだけ言った。気を失った澪を、自分の家まで運んでくれたということらしい。

「あ……ありがとうございます」

どうやって運んだのだろう……と思いつつ、澪は頭をさげる。

「あの、あなたって、蠱師？」

そう尋《たず》ねると、彼はかすかに眉《まゆ》をひそめた。どういう感情だろう。

「わたしを助けてくれた虎って、職神でしょう？」

京都の街中《まちなか》をふつうの虎がうろついているわけがないし、邪霊を食いちぎれるわけもない。あれはこの少年の職神に違いない、と思っていた。

「おまえを助けたわけじゃない」

少年は澪の問いとは、ずれた答えを返した。

「狩りをしたら、そこにおまえがいただけだ」

「狩り……」

邪霊を狩っていたということか。

「動けるようなら、さっさと帰れ」

邪険《じゃけん》に言って、彼はきびすを返した。澪はあわてて立ちあがり、彼を追って部屋を出た。板間がきしんだ音を立てる。そこは長々とつづく縁側で、開け放ったガラス戸の向こうに青々と緑の生い茂る庭が広がっていた。

「待って」

澪の声に彼は足をとめ、ふり返った。無言のまま、目で『なんだ』と問うている。

「あなたは、誰？」

難しいことを訊いたわけでもないのに、彼は澪をじっと見て、しばらく答えなかった。

「——凪《なぎ》、高良《たから》」

どこか迷うようにそう名乗る。その名を聞いても、澪の記憶にひっかかるものはない。やはり会ったことのないひとだろうか。

「わたし、あなたとどこかで会ったことはない？」

高良は「ない」と答えて背を向ける。

「さっさと帰れ」

ふたたびおなじことを言った。

「帰れと言われても……」

玄関がどこにあるかもわからないのだが。

「ここは四条大橋の近く？　さっきのところに、どう戻ればいいのかな。わたし、京都の人間じゃないから——」

「知ってる」

言ったかと思うと、高良はさっと腕をふりあげた。その瞬間、正面から突風が吹きつけて、澪は思わず目をつむった。すさまじい風の勢いに、体がうしろへ持っていかれる。

「おまえの親たちも、苦労して俺からおまえを隠していたのだろうに、努力が水の泡《あわ》だな」

高良の声が聞こえる。どういう意味、と問う間もなく、澪の体は宙《ちゅう》に浮いた。


足が地についた、と思ったとき、風がやんだ。澪はその場にへたりこむ。目を開けると、そこは歩道だった。邪霊に襲《おそ》われた、鴨川沿いの歩道だ。

地面が熱い。ひっきりなしに行《ゆ》き交《か》う車の音がうるさいが、歩くひとはいない。自転車に乗った男性が、地面に座りこんでいる澪をちらりとけげんそうに見て通り過ぎていった。澪はふらりと立ちあがる。このとき気づいたが、すりむいた膝に絆《ばん》創膏《そうこう》が貼ってあった。高良が手当てしてくれたのだろう。周囲を見まわしても、彼の姿はなかった。そばに澪の靴と鞄が落ちている。わけがわからないまま、澪は靴を履《は》いた。

いったいどういうことなのか、なにが起こったのか、まるでわからない。白昼《はくちゅう》夢《む》でも見たのだろうか。

ぼんやりしていると、鞄のポケットに入れた携帯電話が震えだした。見れば、漣からの電話だった。

「いまどこにいる」

電話に出ていちばんに、そう訊かれた。さっきもそんなことを訊かれた気がする。

「京――」

「京都は知ってる。京都のどこかって訊いてるんだ。いま京都駅に着いた」

もうそんなに時間がたっていたのか、と驚く。そういえば、陽はずいぶん傾いていた。

「四条大橋の近く。鴨川沿い」

「東西どっちだ」

「東西……ええと、東側」

「わかった」

短く言って、通話は切れた。漣はいつでも無駄がない。

澪は携帯画面を見つめる。アプリを操作して、通話ボタンを押した。出ない。メッセージを送る。

『いまどこ?』

画面を眺めていても、そのメッセージが既読になることはなかった。澪は顔をあげ、周囲を見まわす。

――どこにいるの、美矢ちゃん。

連絡がつかない以上、さがしようがない。せめて既読になってくれるといいのだが。

――いつもいつも、麻績先輩をひとりじめして、当たり前って顔をして。

美矢の声がよみがえる。

彼女が漣に好意を持っていることは、澪だって知っている。でも、それが真剣なものなのか、軽い憧《あこが》れなのか、はたまたその場のノリでの冗談《じょうだん》なのか、澪には判断がついていなかった。

――ずるいよ、澪ちゃん。

美矢は、真剣だったのだ。漣のそばにいる澪が、疎《うと》ましかったのだろうか。

歩道の手すりに手を置いて、川を見おろす。意外に流れが速い。水面《みなも》に陽光がせわしなく照り輝き、まぶしかった。

しばらくして、歩道脇に一台のタクシーがとまった。後部座席のドアが開いて、降りてきたのは漣だった。澪にすばやく駆けよると、腕をつかんでタクシーのほうへと引っ張ってゆく。

「帰るぞ」

「え、待って、美矢ちゃん」

「美矢ちゃん……西野美矢か？　いっしょなのか」

「いなくなっちゃって、連絡がとれないの。放っては帰れないよ」

詳細を説明するとややこしくなるので、手短《てみじか》にそれだけ言う。漣は考えこむように眉をよせ、「とりあえず、乗れ」と澪を座席に押しこんだ。

「京都駅に戻ったらいいんでしたね？」とタクシーの運転手が言うのを、「いや、一乗寺《いちじょうじ》に向かってください」と漣は訂正する。

「一乗寺のどの辺です？」

「詩仙堂《しせんどう》のあたりまでお願いします」

わかりました、と運転手は車を出す。

「一乗寺って……どうして？」

たしか京都市内の北東あたりの地区だ、と地図を思い浮かべながら尋ねる。

「親戚がやっている下宿屋がある。いまからとんぼ帰りすれば長野に夜には帰れるが、西野をさがさないといけないんなら間に合わない。そこに泊まる。もしもの場合はそうしろって父さんに言われてるし、親戚にも連絡しておくって」

用意周到である。

「……伯父さん、怒ってた？」

おそるおそる訊くと、

「怒ってる暇《ひま》もなかったよ」

帰ってからが怖い。

「『よりによって』って、どういう意味？」

「え？」

「漣兄、言ったじゃない。わたしは京都に来ちゃいけなかったの？」

高良の言葉も思い出していた。

『おまえの親たちも、苦労して俺からおまえを隠していたのだろうに、努力が水の泡だな』

漣は難しい顔をして黙りこむ。

「漣――」

「京都は、麻績村とはわけが違う」声をひそめて、漣は言った。「邪霊の量も質も。たちの悪い古い邪霊もいる。そんなのに目をつけられたら、手に負《お》えないかもしれない。おまえにとって京都は鬼門《きもん》だ」

「……それだけ？」

漣は澪のほうに顔を向けた。

「どういう意味だ」

澪は首をふった。「ううん、なんでもない」

虎の職神を持つ蠱師の少年に会ったことを、なんとなく、口にしかねた。どうしてか、言ってはいけないような気がした。

タクシーはいつのまにか大通りから細い道に入っている。ゆるやかな坂道だ。

「そこの十字路を過ぎたところでとまってください」

漣が指示して、タクシーは停車する。民家の建ち並ぶ住宅地のなかだ。車一台通るのがやっと、というような細道で、さきのほうはさらに勾配《こうばい》のきつい、曲がりくねった坂道になっているようだった。降りてふり返ると、眼下に市街地が見える。

漣は道をすこし戻って、細い路地に入ってゆく。澪はそのあとにつづいた。車も通れないような路地で、古い板塀《いたべい》がずっとつづいている。やがて寺の山門のような、大仰《おおぎょう》な門が現れて、漣はそこで足をとめた。門には看板がかかっている。古くて黒ずんでいるので見えにくいが、《くれなゐ荘》と墨《すみ》で書かれているのがなんとか読みとれた。

「ここ？」

「そうだ」

門は開いている。足を踏み入れると、まず門の近くに百日紅《さるすべり》が濃い紅《べに》の花を咲かせているのが鮮《あざ》やかに目に飛びこんできた。その奥に石榴《ざくろ》の木があり、玄関までの小径《こみち》に朱色《しゅいろ》の花を落としている。赤い星が落ちているようで、美しい。玄関のそばには茜色《あかねいろ》の花が植えられていて、これはなんの花だっけ、と眺めていたら、「仙翁《せんのう》だよ」と漣が言った。

「庭にも赤い草木がそろってる。秋になったら紅葉がすごい。だから《くれなゐ荘》」

玄関にチャイムはない。漣はためらわず引き戸を開けて、「ごめんください」と声をかけた。

玄関のなかは広いが陽が届かず暗く、ひんやりとしている。下足箱《げそくばこ》の上にガラス鉢《ばち》が置かれていて、緋色の萱百合《すげゆり》が生《い》けてあった。

奥の廊下から「はい、はい」と女性の声と足音が近づいてくる。現れたのは四十代くらいの着物姿の女性だった。一重《ひとえ》の切れ長の目が気の強そうな印象を与えるが、こざっぱりとしたきれいなひとだった。濃藍《こいあい》の麻の単衣《ひとえ》に白地の献上帯《けんじょうおび》がいかにも涼しげで、澪は伯母もしばしばこんな格好《かっこう》をしていたのを思い出していた。

「麻績村の麻績です」と漣は名乗る。「僕は漣で、こっちが澪です」こっち、と澪は指をさされた。澪はぺこりと頭をさげる。

「ああ、麻績さんから――あんたらのお父さんから、電話で聞いてます。あたしは忌部玉青《いんべたまお》、ここの管理人や。どうぞ、あがって」

女性はにこりともせず、つっけんどんにも聞こえる話しかたをする。迷惑がられているのでは、と澪は漣をうかがうが、漣は涼しい顔でなかへあがりこんだ。

「お父さんから聞いてはると思うけど、うちは蠱師の下宿屋や」

澪たちを奥へ案内しながら、玉青はそう説明する。蠱師の下宿屋なんてものがあるのか、と澪は少々驚いた。

「旅館とは違うさかい、なんもてなしはできひんけど、ご飯は言うてくれはったら用意できます。今日は、夕飯はどないしはる？」

「ひとさがしをしないといけないので、いいです。布団《ふとん》だけ貸していただければ」

「布団なら用意できてるわ。押し入れに入ってるさかい。――はい、この部屋、使《つこ》て」

一室の前で玉青はふり返った。部屋のガラス戸を開けると、さっさと廊下を引き返してゆく。

案内されてきた様子からすると、玄関付近は台所や居間といった共用部分で、このあたりからが下宿部分らしい。といっても座敷を下宿用にあてがっているだけという感じで、ガラス戸にも目隠しにいちおう内側にカーテンが引かれている程度で、鍵《かぎ》もない。なかに入ると、八畳間と六畳間のつづき部屋になっていた。縁側に出られるようになっていて、その向こうは中庭のようだ。軒先《のきさき》に葦簀《よしず》が垂れている。ガラス戸が開け放たれ、涼しい風が通り抜けた。八畳間のほうに文机《ふづくえ》と卓袱《ちゃぶ》台《だい》があり、隅《すみ》に衣桁《いこう》がある。部屋も調度類もレトロというか、かなりの年代物に見える。文机には青磁《せいじ》の一輪挿《いちりんざ》しが置かれていて、紅色の撫子《なでしこ》が生けてあった。

座布団が用意されていたので、卓袱台のそばに持ってきて、腰をおろす。そうすると、ようやく肩の力が抜けた気がした。ひと息つくとともに、どっと疲れがのしかかってくる。

「それで？」

向かいに腰をおろした漣が、じろりと澪をにらみ据《す》える。「なにがどうなってるのか、説明しろ」

「う、うん……」

澪は座布団の上に正座する。とそのとき、廊下を足音が近づいてきて、玉青が顔をのぞかせた。

「これ、麦茶。それと、お昼に作った残りやけど、おいなりさん」

食べ、と盆《ぼん》ごと卓袱台に置く。「あんた、お腹《なか》すいてるやろ」と、澪を見て言った。

そう言われてはじめて、澪は空腹を自覚した。考えてみれば、昼食を食べていない。

皿に六つほど並んだいなり寿司はこぶりで、油揚《あぶらあ》げがつやつやとしていて、いかにもおいしそうだった。

「ありがとうございます」

どうして空腹なのがわかったのだろう、と不思議に思いつつ、礼を言って箸《はし》をとる。玉青は盆を置くとまたすばやく立ち去っていった。きびきびしたひとである。

そして存外、親切だ。

「漣兄も食べる？」

「いらない」

さっさと食べろ、とうながされる。澪はいなり寿司を頬張《ほおば》った。油揚げによくしみた甘めの煮汁《にじる》が、じゅわっと口のなかに広がる。疲れた体にしみこんでゆくようだった。

「おいしい」

酢飯《すめし》に白ごまが混ぜこんである。ぷちぷちした食感と、香《こう》ばしい風味が煮汁の甘さとよく合った。

「あっ、こっちはわさびが入ってる」

ふたつめを口に入れると、ぴりりとした辛味《からみ》があった。刻《きざ》んだわさび漬けが混ぜてあるらしい。これまた甘い油揚げと絶妙に合う。

お腹が空《す》いていたのもあって、澪はいなり寿司をあっというまに平らげた。麦茶を飲んで息をつく。動き回れるだけの元気が戻ってきた。漣は卓袱台に頰杖《ほおづえ》をつき、夢中でいなり寿司を食べる澪を、あきれたように眺めていた。

「西野美矢と京都旅行の予定だったんだな?」

食べ終えた澪に、漣が尋ねる。澪は昔から順序立てて説明することが下手《へた》なので、漣からの問いに答えていったほうが早い。

「うん。でも、待ち合わせ場所に美矢ちゃんがいなくて……」

「連絡もとれないと?」

「そのときは、電話に出てくれたんだけど。祇園のそばの、鴨川のところにいるって。ちょっと……様子がおかしくて」

どう説明したものか、迷う。

「それから連絡がとれないの」

漣はけげんそうにすこし首をかしげる。

「けんかしたってことか？」

「うん……まあ、そんなとこ」

「だったら、べつにいま躍起《やっき》になってさがさなくたっていいだろ。長野に戻ってから仲直りしろ」

「だから、様子がおかしいんだってば。それに、美矢ちゃん、わたしのお守りを持ってる」

「は⁉」

漣が目をむいた。これほど驚いた表情をするのはめずらしい。

「なんだよ、それ。おまえいま、お守り持ってないのか？」

「落としちゃったのを、美矢ちゃんが拾ったんだよ」

「おまえ……それでよく今日無事だったな」

無事ではなかった。ちょっと目をそらす。漣がそんな仕草《しぐさ》を見逃すはずがない。

「なにかあったな」

「襲われたけど、大丈夫だった」

あいだを端折《はしょ》って言う。漣は額を押さえ、ため息をついた。

「……お守りを放っては帰れない。西野がお守りを持っているんなら、かえって好都合だ」

「どういうこと？」

「俺の職神であとを追える」

「そうなの？」

知らなかった。警察犬みたいなものか、と漣の職神である狼を思い浮かべた。

「『警察犬みたい』だとか思っただろ」漣は澪をねめつける。「狼だからあとを追えるんじゃない。あいつらは、あのお守りに憑《つ》いてるやつの子分みたいなものだから」

「子分……？　でも、お守りのって、ちっちゃい狼なんでしょ」

「それは力と関係ない」

「ふうん……？」

よくわからないな、と思う。

「俺たち蠱師は、職神を借りてるだけなんだよ」

「借りてるって、誰に」

「天白神《てんぱくしん》」

ああ——と、澪はうなずく。「うちの神社の神様だね」

神麻績神社の祭神である。

そうだ、と漣もうなずいて、立ちあがった。

「すぐに西野が見つかれば、今日じゅうに長野に帰れる。京都に泊まらずにすむ。行くぞ」

よほど京都に長居《ながい》したくないらしい。足早《あしばや》に座敷を出て行く漣のあとを、澪も追いかけた。

「朧《おぼろ》」

くれなゐ荘の門を出た漣は、職神のひとつを呼びだした。灰褐色《はいかっしょく》の狼が姿を現す。颪《おろし》よりも幾分小柄で、穏やかな顔つきをしている。

「おまえの同胞《どうほう》をさがせ」

漣が朧の首筋をひと撫ですると、朧は承知したように駆けだした。

「追わなくていいの？」

あとを追おうとしない漣に尋ねると、

「あれの脚についていけるわけがないだろ。見つけたら知らせてくれる。待っていればいい」

たぶん近いぞ、と言う。迷いなく駆けだしたからだ。

その推測はあたった。五分とたたないうちに、狼の遠吠えが聞こえた。

「朧だ。見つけたな」

漣は茜色の空をしばし見あげていたかと思うと、「あっちだな」と走りだした。

路地を曲がり、ゆるやかな坂道を駆けあがってゆく。市街地が左手に見えているので、おそらく北に向かっているのだろう、と澪は見当をつける。

漣と澪は住宅地のあいだを走り抜ける。ときおり歴史のありそうな寺院が住宅や木々のあいまに姿を見せた。しばらく走りつづけていると、住宅はまばらになり、田畑が増えてくる。ふり返れば市街地とその向こうに広がる山々が眼下に見てとれた。澪は息が切れて足ももつれ、漣を追いかけるのも限界が近づいている。ときおり立ちどまり、息を整え、ふたたび走るのをくり返す。漣はたびたび澪の姿を確認しては足をとめた。澪は、さきに行って、と手振りで示すが、漣は動かず、ついには戻ってきた。

「あんまり俺から離れるな。お守りもないんだから」

漣は澪の手を引いて歩きだす。小さいころ、邪霊を怖がる澪の手を、漣はやはりこうして引いてくれたものだった。

狼の遠吠えがまた聞こえる。近い。漣はあたりをぐるりと眺めて、横道の石段をのぼりはじめた。両脇に木々の生い茂る、ほとんど山道のようなところだ。頭上を梢《こずえ》に遮《さえぎ》られ、鬱蒼《うっそう》としている。蟬の鳴き声が降るように響いていた。

漣が足をとめた。そのさきに朧の姿がある。朧は身を低くして、うなっていた。うなっている相手は、美矢だった。

「美矢ちゃん！」

石段の途中に美矢は立ち、こちらを見おろしていた。

「麻績先輩も来たんだ……」

美矢はつぶやくように言った。

「澪ちゃんを追ってきたんだね。長野から京都まで」

美矢の視線は、漣と澪のつないだ手に向けられている。

「西野」漣が声を投げかけた。「澪のお守りを持っているんだろう。返してくれ」

「漣兄！」澪はあわてて制止した。まっさきに言うべきことは、それではない。

「ちょっと黙ってて。話はわたしが――」

言いかけたとき、澪の胸になにかがあたって、落ちた。お守り袋だ。

美矢が投げつけたのだと、一拍《いっぱく》おいて理解した。美矢は澪をにらみつけていた。見たこともない、嚙みつきそうな形相《ぎょうそう》だった。

「いつもいつも、澪ちゃんばっかり……！」

はっと、澪は身をこわばらせた。薄暗い木陰のなか、美矢の足もとが一段と暗さを増す。美矢の影が濃く、黒く、じわりと広がりはじめた。

漣が前に出て、澪を背にかばう。美矢の影がいらだったようにゆらいで、ふくらんだ。黒い陽炎がそこから立ちのぼる。

鈴の音が響いた。高く澄んだ音ではない、ころころと、やわらかく軽やかに響く、土鈴《どれい》のような音だ。

陽炎はいまや大きく伸びあがり、美矢の姿を隠してしまっていた。

「澪ちゃんなんか、大嫌い」

美矢の声がする。震えて、崩れそうな声だった。

「ずっとずっと、嫌いだった。いなくなればいいのに」

それは呪詛《じゅそ》の言葉だった。澪の胸を突き刺し、抜けない刃《やいば》になる。

頭上を覆うほどになっていた黒い陽炎が、澪に向かってなだれ落ちてきた。

「颪《おろし》」と漣が職神を呼ぶ。鋭い風が吹いて、狼が陽炎を切り裂いた。颪だ。が、陽炎はのたうつようにゆらめいたものの、消え去りはしなかった。漣は舌打ちして、澪の手をつかんで身を翻《ひるがえ》した。石段を駆けおりてゆく。

「漣兄、美矢ちゃんは……!?」

「あれは俺に祓える邪霊じゃない。いったん退《ひ》くぞ」

そんな、と澪はうしろをふり返る。黒い陽炎に遮られて、美矢の姿は見えない。

「美――」

陽炎が澪たちのほうへと迫ってくる。そのうち、それは形をとりはじめた。ひとの腕が現れる。細い腕――子供の腕だ、と思った。ひとつではない。ふたつ、みっつと腕はつぎつぎに形を成してゆく。何十本という、か細くねじれた腕が澪のほうに伸ばされ、指が虚空《こくう》をつかんで虫のようにうごめいている。

鈴が鳴った。腕が澪に迫り、その指が髪に触れ、つかもうと動く。振り切ろうとして身をよじった澪は、石段を踏み外した。

「あっ」

漣がふり向くよりさきに、澪の体は前のめりに宙に投げだされていた。とっさに漣の手を離した澪は、石段にたたきつけられ、転がり落ちる、はずだった。

衝撃《しょうげき》を予想してぎゅっと目を閉じた澪だったが、体に感じたのはやわらかな毛並みだった。転がり落ちもせず、痛みもない。いぶかしんで目を開けると、そこにいたのは、虎だった。

「……えっ」

虎の顔が間近《まぢか》にある。黒々としたつぶらな瞳《ひとみ》に、澪の顔が映りこんでいた。

――この虎は。

「……於菟《おと》？」

高良の職神。この虎が、澪が石段から落ちるのを防いでくれたらしい。

「澪！」

漣が澪に駆けより、虎から引き離す。漣は澪を背にかばい、あとずさった。

「漣兄、大丈夫。この虎、知ってる」

言って、澪はあたりを見まわす。高良がいるのだろうと思ったのだ。しかし、彼の姿はなく、出てくる様子もない。

「於菟、あなたの主《あるじ》はどこ？」

虎は澪を見あげたが、一瞥《いちべつ》しただけでふいと顔を背《そむ》け、跳《と》びあがる。ひと跳びで林のなかに消えていった。

虎だけではない。いつのまにか、邪霊と美矢の姿も消えていた。

「どういうことだ」

漣は虎が消えていったほうを見て、眉をひそめている。「あの職神は……、あの職神の主を、おまえは知ってるのか」

「助けてもらった」しかたなく澪は打ち明ける。「昼間、邪霊に襲われたときに」

「蠱師か」

「たぶん。わたしと同い年くらいの男の子」

漣の顔色が変わった。

「そいつの名は」

「凪高良って……」

漣は顔をゆがめ、うめいた。

「知ってるの？」

「とっくに見つけられてたんだな」

「え？」

「じゃあもう、急いで帰ったところで意味がない」

「なに……、どういうこと」

「そいつになにか言われたか？」

「……苦労してわたしを隠していたんだろうに、努力が水の泡だな、みたいなことを……」

くそ、と漣は毒づいた。

「どういうことなの？」

漣は考えこむようにすこし黙り、ふたたび口を開いた。

「そいつは、凶悪《きょうあく》な蠱師だ。おまえはそいつにだけは、見つかってはいけなかったんだ」

「凶悪って……」

——わたしのことを助けてくれたのに。

本人は否定していたが。すくなくとも澪を介抱し、怪我《けが》の手当てをしてくれた。

「詳しいことは、父さんから聞いてくれ。ともかく、帰るぞ」

澪は耳を疑った。

「帰る？　だって、美矢ちゃんは」

またいなくなってしまった。放って帰るなど、できるはずがない。

漣は難しい顔をした。

「あれはもう、俺にはどうにもできない。父さんに相談して、対処してもらう」

「どうにもって……なんで」

「大きすぎる。ああまで育つには、そうとうな年月の経過があったはずだ。あれはかなり古い邪霊だろう。なんでそんなものが、西野に取り憑いているのか不明だが。——心当たりはあるか？」

　心当たり。澪は思い返す。

「鈴の音が……」

「鈴？」

「聞こえなかった？」

　漣はけげんそうに首をふる。「聞こえなかった」

「聞こえたの。美矢ちゃんと電話したときも、それから、神社でも」

「神社？」

「学校の近くの。美矢ちゃんが、願掛けするからついてきてって言うから、いっしょに行った」

　漣は顔をしかめて、大きなため息をついた。

「え、なに？」

「……あの神社は、寂《さび》れてるだろ。寂れるだけの理由があったんだよ。あれは荒神《こうじん》なんだ」

「荒神」

「祟《たた》る神ってことだよ。明治時代にほかの神社に合祀《ごうし》されて取り壊《こわ》されるはずが、祟るから壊せずじまい、でも世話をする氏子《うじこ》もなくてほったらかしだ。祀《まつ》られてた神様が祟るんじゃなくて、行われてた神事の問題なんだが」

漣はまたひとつため息をついて、石段に腰をおろした。澪もそれにならって隣に座る。

「年に一度、春になると行われる神事だった。神託《しんたく》で選ばれた幼い少年が冬のあいだ物忌《ものい》みで社に籠《こ》もって、春を迎えたとき、殺されるんだ」

「殺……えっ、なんで」

いきなり物騒《ぶっそう》な単語が出てきたので、澪はぎょっとする。

「少年は、ようは豊穣《ほうじょう》の神みたいなものになってるんだよ。物忌みの儀式を経《へ》て。で、その神を殺すことによって、新たな生命の芽吹《めぶ》きを祈願する。死と再生。死がつぎの大いなる恵みをもたらすってことだ」

神を殺す、と言われても、実際殺されるのは少年なわけで……と思ってしまうのは、現代の感覚だからか。澪は複雑な気分になる。

「古い形の信仰だから、時代が下るとそのうち形骸化《けいがいか》する。だいたいそういうもんだ。でも、やめようとはならないんだな。この神事も、はじめは土地の祭祀《さいし》を担《にな》う豪族の少年が選ばれていたのが、そのうち地域内の少年なら誰でもいいことになって、しまいには物乞《ものご》いの子供をつれてきて、犠牲にするようになった。そうなるともう、神事でもなんでもない。神事の真似事《まねごと》をして、子供を殺してるだけだ」

それでは、殺される子供はたまったものではない。浮かばれない。

「少年たちは椿の木の下で首を落とされた。そのあとは、土に埋《う》めるんだ。そうすることで土に恵みをもたらす。でも、無意味に殺されるだけで神となって昇華《しょうか》されることのない魂《たましい》は、怨念《おんねん》となって地中に溜《た》まってゆくだけだ。呪詛みたいなもんさ」

「呪詛……」

――あの椿。

願掛けに使われる椿。あの場で少年が惨殺《ざんさつ》されていたのか、と思うと、いまさらながらぞっとした。澪も美矢も、あの椿の下に立ち、地面を踏みしめていたのだ。

「鈴の音がしたと言ったたな。犠牲にされた少年たちは、首から鈴を下げていたんだ。鈴といっても、いまみたいな鈴じゃなくて、鉄鐸《てったく》だ。鉄を薄く伸ばして円錐形《えんすいけい》にした、大きな鈴だよ。それを下げた状態で、首を落とす。そのときに鈴が鳴る。神事が成立した合図だ」

「じゃあ、あの鈴の音は……」

少年の首が落とされたときの音。澪は背筋が寒くなり、腕をさすった。

「……その怨念が、美矢ちゃんに取り憑いてる？」

「願掛けの拍子《ひょうし》に、つれてきてしまったんだろうな」

「わたしじゃなく、美矢ちゃんに」

「おまえの体質よりも、願掛けのエネルギーに引き寄せられたってことだな」

あるいは、澪がいたことが引き金になったか。漣は気を遣ってか、そこまで言わなかったが。

澪は頭をかかえた。願掛けになど、行くのではなかった。澪がつきそわなければ、美矢はきっと、ひとりでは行かなかっただろう。

「どうしよう……」

「だから、どうしようもないんだよ。父さんに任せるしかない」

「じゃあ、それまで放っておけっていうの」

「おまえになにができるんだよ」

澪はぐっと言葉につまった。

「自己満足でできないことに首をつっこんで足を引っ張るな」

正論なので返す言葉が見つからない。漣は、こういうところがある。正しいけれど、なんでもそれで割り切れるわけではない。余った気持ちは、鉛《なまり》のように胸に沈《ちん》殿《でん》する。

美矢を助けたいなら、伯父に任せるのがいちばんいい。澪にできることはない。それでもなんとかしたいと思うのは、見捨てるようでうしろめたいからか。できるだけのことをしたと、自分を納得《なっとく》させたいからか。

澪は唇を噛んで、うつむいた。

——どうしてわたしは、蠱師の力がないんだろう。

強い力のある蠱師だったなら、美矢を助けるなんて、わけなかっただろう。

「だいたい、ああまで言われてなんで助けようと思えるんだ」

漣がぼやくように言う。大嫌い、いなくなればいいのに、という美矢の声がこだまする。澪はぎゅっと膝をかかえた。

「……なにが本心かなんて、わからない……」

澪が嫌いなだけなら、つきあわずにすむ方法なんて、いくらでもあった。澪だって、美矢を好きだと思うときもあれば、いやだなと思うときもある。

「百パーセント好きじゃなかったら、好きって言わないのかな。わたしは、いまだけの言葉より、いままでの美矢ちゃんぜんぶで考える」

漣は顔をそむけた。たぶん、澪のことを馬鹿だと思っている。

「澪」

漣が澪の前に手をさしだす。手のひらの上に、お守り袋がのっていた。漣が拾っていたらしい。

澪はお守りを受けとり、見つめた。

「……美矢ちゃんは、これを捨てようと思って、でも、捨てられなかったんだよ。漣兄が返せって言ったから、返してくれたんだよ」

美矢は、取り憑かれているにしても、操《あやつ》られているわけでもなければ、意思を失っているわけでもない。ただ、美矢の感情の揺れにあれは左右されるようだった。

「冷静に、感情を昂《たか》ぶらせないようにして保護すればいいんじゃないかな」

「それが難しいから――」

「漣兄にはね。なんで美矢ちゃんの心配よりさきに、お守りを返せなんて言うかな」

今度は漣が言葉につまり、苦いものを嚙んだような顔になった。あれがまずかったという自覚はあるらしい。

「……なんにしたって、もうお守りもこっちにあるし、西野を見つけようがない」

「そんな――」

澪が不服を唱えようとしたとき、

「見つけるのなんか、簡単だろ」

頭上から声が降ってきた。

――この声は。

驚いて見あげると、かたわらの木の枝に高良が立っていた。冷ややかにこちらを見おろしている。

「誰だ」

漣が警戒心も露《あら》わに鋭い声を投げつけ、立ちあがる。なかば誰だかわかっているかのような、落ち着いたそぶりでもあった。

高良が地面に降り立つ。まるで体重を感じさせない、軽い身のこなしだった。さきほどの虎が木のうしろから現れ、高良に顔をすりよせる。その頭を撫でてやってから、高良は澪と漣に目を戻した。

「護衛にしては、こころもとないな」

高良は漣を見て、うっすらと笑《え》みを浮かべた。同年代なのに、高良のほうがずっと年上に思えるような笑いかただった。

漣の雰囲気がぴりりと尖《とが》るのを澪は感じとる。

「凪高良だな。なんの用だ」

高良は漣の問いには答えず、澪のほうを見た。澪は立ちあがる。

「『見つけるのなんか簡単』って、どういうこと？」

「澪、相手にするな」漣が制止するが、澪は無視した。

「あなたなら、美矢ちゃんを見つけられるの？」

「あれだけの邪霊、べつに俺じゃなくてもそれなりの蠱師なら見つけられる。そいつが半人前なだけだ」

そいつ、と高良は漣を一瞥する。たしかに漣はまだ学生で、ちゃんとした蠱師ではないが。

「朧《おぼろ》」

漣は職神を呼ぶと、澪の手をとって駆けだす。朧が現れたかと思うと、その姿が溶《と》けて霧《きり》のように高良をとりまいた。目くらましだ。

が、それも一瞬のことだった。霧は切り裂かれるように真ん中から吹き飛ばされる。そこに軽く手をあげた高良の姿があった。なにをどうしたものか、漣の体が横にはじかれて、林のなかに倒れる。

「——お兄ちゃん！」

澪は思わず幼いころの呼称で叫《さけ》んで、漣に駆けよった。

「兄か」

高良はつぶやき、近づいてこようとしていた足をとめる。

「ふうん。だったら大目《おおめ》に見てやろう」

漣は身を起こし、従兄だと訂正するでもなく、高良をにらみつける。高良はまるで小さい子供をあしらうかのように、鼻で笑った。

澪は漣が立ちあがるのに手を貸して、高良に向き直る。澪が高良の顔を見すえると、彼はふいと目をそらした。

高良は、澪を助けてくれたのとは違い、漣には好戦的だ。澪には彼が頼っていい相手なのかどうか、わからなかった。

「……美矢ちゃんを見つけられるって、善意で言ってくれてるの？　それとも、なにか魂胆《こんたん》があるの？」

「魂胆？」

高良は眉をよせる。

「善意も魂胆もない。俺はただ、あの邪霊が欲しいだけだ」

「欲しいって……どうするの」

「食うんだよ」

――食う？

澪は啞然《あぜん》とした。どういう意味だろう、と思ったが、昼間に見た光景を思い出した。高良は邪霊を黒い石のようなものに変え、飲みこんでいた。

――ああいうこと？

「そいつは、邪霊が食料なんだ」

漣《ばく》がうめくように言った。

「化け物だから」

澪は漣をふり向いた。「化け物？」

ふん、と高良はつまらなそうに鼻を鳴らした。「外側は人間だぞ」

「黙れ、化け物め」

「罵《ののし》るしか能のないやつは哀《あわ》れだな。昔も今も、おまえのようなやつは代わり映《ば》えしない」

漣の苛立《いらだ》ちが限界に達しようとしている。表情を見ればわかる。澪は漣と高良の顔を見比べ、あいだに割って入った。

「話が進まないから、そのよくわからない話はあとにして。あなたは、美矢ちゃんを見つけられるのね？」

漣も高良もそろって鼻白《はなじろ》んだ顔をした。似た者同士なのではないかという気がする。

「見つけられる。あの邪霊は古くて濃い。あれだけ気配の濃いものはなかなかない」

「あれを食べるっていうんなら、美矢ちゃんを助けられるってことだよね？」

高良は無表情に首をかしげた。「さあ。あとのことは、知らん」

「癒着《ゆちゃく》が強いと、下手に攻撃すれば西野も傷つくぞ」

漣が口を挟《はさ》む。

「じゃあ、攻撃はしないで」

「は？」

澪の要求に、高良はぽかんと口を開いた。

「美矢ちゃんは保護するだけにする。あとは伯父さんに任せる」

「……俺に道案内だけさせるつもりか？」

「お礼はする」

「礼なんて――」

「わたしには邪霊が寄ってくる。あなたは気がすむまでそれを食べればいい」

澪は自分の胸に手を置いた。「澪!」と漣が厳しい声をあげる。

高良はすこし目をみはり、澪を凝視していた。やがて、目を細めて薄く笑った。

「悪くない」

くるりと背を向ける。「ついてこい」

高良は石段をおりてゆく。歩くような足どりなのに、やたらと速く、あっというまに背が遠くなる。澪はあわててあとを追った。当然、漣もついてくる。

「おまえ、いちばんまずいことを……」

「え?」

「父さんになんて言ったらいいか」

漣は難しい顔をしてぶつぶつ言っている。おそらく高良は漣や伯父たちにとってまずい存在なのだろうが、いまは美矢を保護するのが最優先である。あとで事情を聞くことにして、澪はとにかくさきを急いだ。

石段をおりて路地に出ると、あたりは夕暮れどきで、西の空が赤く燃えていた。

高良はふり返ることもなくずんずん進んでいる。そのあとを追って住宅地のなかのゆるやかな坂道を過ぎると、生《い》け垣《がき》と並木が美しく整えられた細道に至る。ひと気はなく、ひっそりとしていた。

「曼殊院《まんしゅいん》の参道だ」と漣が言った。

高良は参道の突き当たりで足をとめた。正面に山門がある。その手前には楓が生い茂り、青々とした葉が夕陽に照らされていた。

山門前の石段に、楓が青黒い影を落としている。その影のなか、石段の端《はし》に、美矢が腰をおろしていた。

「美矢ちゃん」

澪が声をかけると、美矢は顔をあげた。疲れ切った顔をしている。

「大丈夫？　どこか怪我した？」

美矢はゆるく首をふる。駆けよろうとすると、「来ないで」と鋭く制止された。

美矢は両手で自分の体を抱きしめ、うなだれる。

「影が……おかしくて。引っ張られるみたい。体に力が入らないの。すごく疲れた」

怖い、と美矢は細い声で言った。

「怖いよ、澪ちゃん」

　澪はゆっくりと、美矢を刺激しないように近づいて、静かに隣に腰をおろした。美矢の背中に手を置く。その背をゆっくりと撫でた。

「大丈夫、伯父さんがなんとかしてくれるから。それまでいっしょにいよう」

　美矢は顔をゆがめ、背を丸めて膝をかかえる。そうすると小柄な美矢はいっそう小さく見えた。肩を震わせてしゃくりあげだす。

「わたし……澪ちゃんにひどいこと言った、いっぱい」

　澪は無言で美矢の背を撫でる。

「妬《ねた》ましくて、嫌いだけど、そのぶん、好きなの」

　ごめんね、と泣き濡れた声で言った。

「うん、わかるよ。わかってるから」

　美矢は、ずず、と洟《はな》をすすった。

「そういう、澪ちゃんのドライなとこ、嫌いで、好き」

　澪はすこし笑った。

　鈴の音がした。

　体がこわばる。首筋にちりりと痛みが走り、手で押さえた。足もとに目をやり、はっとする。

影が濃さを増し、うごめいていた。美矢の影ではない。澪のだ。黒い陽炎が影から立ちのぼる。――そうだった、と思う。元来、邪霊を寄りつかせやすいのは、澪なのだった。

澪は立ちあがり、地面を蹴《け》る。邪霊が美矢から離れたのなら、ちょうどいい。このままこちらに引きつけておこう、と思ったとき、強い力に足首をつかまれて、澪は転んだ。「澪!」と漣の声が響く。見れば、陽炎から伸びたいくつもの小さな手が、澪の足に群《むら》がっていた。

首にまた痛みが走る。さきほどよりも痛い。喉がふさがれたように苦しくて、息ができない。

鈴の音がする。ぎゅっと目を閉じると、まなうらに、椿の木が見えた。大木に、赤い椿がみっしりと咲いている。その下で、幼い少年がひざまずいていた。首から円錐形の鈴のようなものを下げている。そのうしろに、神主姿の男が立っていた。手に持ったなにかをふりかぶっている。

――刀?

違う、とどこかで声がする。刀ではない。大鉈《おおなた》だ。刀でやるように、きれいに首が切り落とされるわけではない。打ち殺すのだ。大量の血が大地にふりまかれるほど、恵みは多くなる。

いつしか恵みは消え去り、恨《うら》みだけが大地にしみこんでゆく。そのぶん、椿はいっそう赤く燃えあがるのだ。

少年のか細い首が、やけに白く映る。男がふりかぶった大鉈を、ふりおろした。

――やめて！

はっと目を開ける。息ができない。首が重い。澪の首に、たくさんの手が絡みついていた。漣がなにか叫んでいるのがわかったが、頭のなかで鈴が鳴り響いていて、聞こえない。高良は――。

「やっぱりおまえは馬鹿だな。そんなものをわざわざ取り憑かせるんだから」

冷ややかで、それでいてどこかやさしい、不思議な声音だった。

目の前に高良の足が見える。彼は膝をつき、澪の上にかがみこんだ。首に群がる手のひとつをおもむろにつかんだかと思うと、無理矢理ひき剝《は》がした。

肉をひきちぎるような音がして、子供の泣き叫ぶ声が響き渡る。ひき剝がされた手は黒い陽炎に変わり、ついで石のかけらになった。高良はそれを飲みこんだ。そうやって高良は澪に取り憑いた邪霊を力任せに剝ぎとってゆく。そのたび子供の悲鳴があがる。

息ができるようになって、澪は咳《せ》きこんだ。

「ま……待って、ちょっと……！」

邪霊をむしりとってゆく高良の手を澪はつかむ。

「力ずくすぎない……!?」

高良はうっとうしそうな目を澪に向けた。

「なにを言ってるんだ、おまえは。死ぬぞ」

「子供の悲鳴が聞こえないの？」

「それがどうした」

言い捨てて、高良の手がふたたび澪の首に伸びる。

「ま――」

そのときふっと、頭の芯が白く霞《かす》んだ気がした。

「待ちなさい、巫陽《ふよう》！」

気づくと、そう口にしていた。どうしてそんな言葉が出てきたのか、わからない。

高良は言葉に打たれたように、固まっていた。それを感じてか、邪霊が勢いを取り戻した。黒い陽炎が盛りあがり、手を形作り、澪に襲いかかる。ふたたび首を絞《し》められて、澪は首の骨が軋《きし》む音を聞いた。

――死ぬ。

指先が冷えて、暗い帳《とばり》がおりてくるようだった。二十歳まで生きられないという、呪いの言葉が脳裏によみがえる。それが今日なのだろうか。毎日のように呪いの言葉を耳にしながら、いまこの瞬間まで、死ぬということについて考えなかった。怖くて目を背けていた。

ひどく寒い。そして暗い。明かりが欲しい、と切に思った。

――光を。

そう願った途端、スカートのポケットあたりが熱くなった。急にそこに火がついたみたいだった。

――なに……？

ポケットには、漣から渡されたお守りを押しこんであった。

熱い。どんどん熱くなる。このままではやけどしてしまう。澪は朦朧《もうろう》とした意識のなか、ポケットをさぐり、お守りをつかみだした。

その瞬間、閃光《せんこう》が破裂《はれつ》した。澪は地に臥《ふ》せる。首を縛めていた少年たちの手が、一瞬のうちに離れていた。手は退き、陽炎は萎縮《いしゅく》する。澪は薄目を開いて光のほうを見た。閃光はおさまり、薄明るい白い光が、宙に浮かんでいた。光はくらげのようにゆらゆらと揺れている。

鈴の音が聞こえた。だが、それはいままで耳にしたのとは違う、もっと澄んだ、軽やかな音色《ねいろ》だった。風鈴《ふうりん》の音に似ている。

光はゆるやかに形を作りはじめていた。円錐形をした……少年が首から下げていたものに似ているが、それよりもすこし小振りで、五、六個、葡萄《ぶどう》の房《ふさ》のようにまとめて吊《つ》りさがっている。それがゆっくりと左右に揺れた。清澄《せいちょう》な鈴の音がする。光がまたたいた。黒い陽炎が、ほろほろと端から崩れてゆく。少年たちの手が陽炎に戻り、それもまた、崩れ去る。鈴が左右に揺れるたび、澄んだ音と光があたりを包みこみ、陽炎が薄れてゆく。鈴の音がしなくなった、と思ったときには、陽炎は、あとかたもなく消えていた。

鈴がゆらりと形を変える。白く淡い光の玉になったと思うと、くるりと回って、地面に着地した。そこにいたのは、白い子犬だった。――いや。

狼だ。小さな狼。狼はつぶらな黒い瞳で澪を見あげていた。

「名をつけろ」

漣の声がして、そちらを向く。漣の足もとに、美矢が寝かされていた。気を失っているらしい。あたりを見まわすと、高良の姿がなかった。漣が近づいてくる。

「名づけを待ってる。名をつければ、それはおまえの職神だ」

「えっ」澪は白狼を見おろした。白狼は微動だにせず、澪をじっと見つめている。

お守りの白狼。ほんとうにいたのだ。これが職神になる。

「じゃ、じゃあ……雪丸《ゆきまる》」

雪のように純白の毛をしているので、雪丸だ。

この名をどう思ったのかわからないが、白狼は、ふす、と鼻から息を吐いて、その場に身を伏せた。

「そいつが邪霊を一網打尽《いちもうだじん》に祓ってくれた。凪高良も退散するしかなかったみたいだな」

「退散……」

「あいつ自身が邪霊みたいなもんだから」

「……人間なんでしょ？」

「外側は」

漣はきびすを返して、美矢のそばに戻る。澪も近寄った。美矢の表情は穏やかで、ただ気持ちよく眠っているようにしか見えない。

「美矢ちゃん、大丈夫なの？」

「邪霊がおまえに移った途端、気を失った。取り憑かれると体力も気力も消耗する。明日の朝まで起きないだろう」

「怪我とかは」

「してないみたいだな」

よかった、と胸を撫でおろす。

意識のない美矢を、苦労して漣に背負わせる。

「重い……」

「それ、美矢ちゃんに言わないでね」

帰ろうとして足もとを見やると、雪丸はもういなかった。澪は周囲をいま一度、ぐるりと眺めてたしかめる。高良の姿をさがしたのだった。いない。

あたりは、薄藍色《うすあいいろ》の夕闇《ゆうやみ》に包まれようとしていた。


くれなゐ荘に着いてから、澪は貧血を起こして倒れた。道ばたでなくてよかったと思う。しばらく横になっていたら、回復した。

漣の言ったとおり、美矢は翌朝になって目覚《めざ》めた。どこかすっきりした顔で、「すごくお腹すいた」と言う美矢に、澪はほっとする。取り憑かれていた後遺症みたいなものはないようだ。

美矢には、願掛けをした神社で悪いものに取り憑かれたのだ、と説明した。邪霊だの蠱師だのと詳しい話まではしなかったが、麻績家が神社なだけに信憑性《しんぴょうせい》があったのか、納得していた。取り憑いていた悪いものは、漣がお祓いしたということにしてある。

「たくさん迷惑かけたよね。ごめんね」

玉青の用意してくれた朝食を食べながら、美矢は謝《あやま》った。

「いや、美矢ちゃんも巻きこまれた側だし」

だし巻き玉子を箸で割りつつ、澪が言うと、

「そう？　じゃ、もういっか」

美矢はけろりとした顔でごはんを頬張るので、澪はくすりと笑った。だし巻き玉子を口に入れる。伯母が作る玉子焼きは甘いものだが、甘くない玉子焼きもいいものだなと思った。薄味だけれど、だしのうまみがしっかりあって、おいしい。

漣はもくもくと箸を進めている。「麻績先輩は、食べかたがきれいですよね」と美矢が言う。「澪ちゃんもだけど」

「漣兄は、神経質だから。魚の食べかたが悪いと、うるさいよ」

「神経質は関係ないだろ。おまえがずぼらなんだよ」

澪は無言で漣の皿からぬか漬けのきゅうりをひと切れ、奪って口に放りこんだ。ぬか漬けは漣の好物である。

「小学生みたいな真似するんじゃない」

漣がにらんでくるが、澪は無視した。美矢はふたりをしげしげと見比べて、「やっぱり、澪ちゃんと麻績先輩って、従兄妹って感じしないね」とつぶやいた。

「もうちょっと、こう……近い感じ。それこそ、恋人みたいな」

澪は漣と顔を見合わせた。

「くっ」

漣が顔をそむけて、噴《ふ》きだした。肩が揺れている。そんな漣を見るのがはじめての美矢は、目を丸くしていた。

「恋人って」

妙にツボにはまったらしく、漣は笑いつづけている。美矢が解説を求めるように澪を見た。澪は焼き鮭《ざけ》の身をほぐしながら、「逆だね」と言った。

「え？　逆？」

「『近い』って方向が、逆。美矢ちゃんは鋭いのに、正解からそれるんだよね」

美矢はぽかんとした顔で、目をしばたたいた。

「え……、え？　じゃ、もしかして」

「兄妹だよ」

言ったのは、漣だった。

美矢は箸をとりおとした。言葉が出てこないようで、口をただぱくぱくさせている。

「誰にも言ったこと、ないんだけどね」

澪にしても偶然に親戚の会話を耳にして知ったのであって、面と向かって伯父夫婦に問いただしたことはない。

「ど……どうして、従兄妹になってるの？」

「わたし、生まれてすぐに伯父の弟夫婦に引き取られたの。伯父って、だから、生物学上の父親ね。なんで引き取られたのかとか、その辺のデリケートな事情は知らない」

漣に目を向けたが、彼はなにも言おうとしなかった。漣も知らないのだと思う。

澪は首をふる。

「養女になったってこと？」

「それなら、生みの親自体は伯父夫婦ってことになるでしょ。違うの。弟夫婦のあいだに生まれたってことになってるの。戸籍上」

「え……えええ」美矢の声が裏返る。「なんでえ？」

「さあ。でも、そのまま何事もなければわたしは弟夫婦のもとで育ってたわけで」

でも、その両親は事故で死んでしまった。

「結局、伯父夫婦のところに戻って……だから、なんだかややこしいことになっちゃった」

美矢はいまいち納得がいかない顔をしている。

「本来の形に戻ったってことでしょ？　じゃあ、ほんとは伯父さんたちの娘なんです、ってふうにはできないの？」

「うーん……」澪は首をかしげる。それができるのか、できないのか、澪にはよくわからない。ただ、できたとしても伯父たちはそれをしないだろう、と思う。根拠はないが、そう感じる。

「うしろめたいんだよ、父さんたちは」

漣がぽつりと言った。

「え？」と澪は訊き返す。

「たぶんだけどさ」

それ以上、漣は口を開かなかった。澪はときおり、伯父夫婦をなんのためらいもなく『父さん、母さん』と呼ぶ漣に、無性《むしょう》に苛立つことがある。澪の両親はいまでも死んだ弟夫婦だ。

「うしろめたさなんて」

美矢が箸を持ち直し、ぬか漬けのきゅうりを突き刺した。

「澪ちゃんの気持ちより大事なこと？」

漣が決まり悪そうに目をそらす。澪は、ふと泣いてしまいそうになり、唇に微笑を浮かべた。

くれなゐ荘を出たのは、昼前だった。玄関先で玉青の「ほな、気ィつけて」というあっさりとした言葉に送られて、門に向かう。門のそばには大きな楓の木があり、秋になったら紅葉がさぞ見事だろうが、いまの青紅葉《あおもみじ》も美しい。陽光が緑を輝かせている。澪はつかのま、光を散らす青葉に見とれた。

「もう京都に来るなよ」

蝉の鳴き声の向こうからそんな声がして、澪は思わず周囲を見まわした。高良の声だった。

あたりに彼の姿はない。だが、いまの声はたしかに高良だった。

「澪、どうした。行くぞ」

門の外から漣がけげんそうに呼ぶ。うん、と生返事をして、澪は歩きだす。玄関の軒先にとまっていた一羽の烏《からす》が、飛び立っていった。

烏は上昇し、北東の方角へと、ぐんぐん飛んでゆく。遠く、遠く、街から離れ、山中へと至る。そこに、一軒の大きな屋敷がある。縁側に、ひとりの少年が腰かけている。彼は戻ってきた烏に手を伸ばす。烏はその腕にとまった。

「ごくろう」

そう告げると、烏は消える。

高良は庭におりて、眼下に見える街並みを眺めた。その顔には、なんの表情も浮かんでいない。


祈禱所の板間に、澪は正座していた。足が痛い。京都から帰ってきて、ひと息つく間もなくここに呼ばれた。目の前には、押し黙って腕組みをしている伯父がいる。叱るなら早くしてほしい。この『溜《た》め』がいやだ。

「……凪高良は」

伯父はゆっくりと話しだした。てっきり叱責《しっせき》の言葉が出てくると思っていた澪は、意表を突かれた。

「われわれ蠱師のあいだでは、『千年蠱《せんねんこ》』と呼ばれている」

「千年蠱……？」

「千年というのは喩《たと》えで、それほどの長い年月という意味だ」

「はあ……」

澪は戸惑い、そう相づちを打つしかない。

「その名のとおり、凪高良の本性は、『蠱《まじない》』だ。あれは呪詛によって生みだされた蠱物《まじもの》なんだ」

蠱物――蠱に使われる道具のことだ。

「でも……人間だよね？」

おそるおそる尋ねると、伯父は「外側はな」と言った。外側。たしか、高良もそんなことを言っていた。

伯父はしばし沈黙した。どう話すか、思案しているように見えた。組んでいた手をほどき、膝に置く。

「おまえは、社会の選択科目は日本史だったな」

「へ？」

唐突に話題が変わって、面食《めんく》らう。「え、ああ……うん。そうだけど」

「天武《てんむ》天皇はわかるな」

「壬申《じんしん》の乱の」

伯父はうなずいた。

「千年蠱がこの国に渡ってきたのは、そのころだ」

「渡ってきた？　外国人なの」

「中国から朝鮮半島を経由して、入ってきた。呪禁師《じゅごんし》として。呪禁師は……、蠱師と医師を合わせたようなものだ。古代の医療というのは、そういうものだから」

「ふうん……？」

「蠱師もルーツは中国だ。呪禁師よりもずっと昔、漢《かん》のころに伝わったと言われている。無論、ちゃんと確立したのはそれよりあとだが」

「呪禁師より、蠱師のほうがさきにいたってことだね」

「そうだ。——その呪禁師のなかに、千年蠱がまぎれこんでいた。正体を見破り、禍《わざわい》を説いたのが、われわれの先祖である麻績王《おみのおおきみ》だったという」

「麻績王？」

誰だか知らないし、先祖だというのも初耳である。

「蠱師の長《おさ》だ。だが結局、注進は受け入れられず、麻績王は失脚《しつきやく》し、流罪《るざい》になった。麻績一族はちりぢりになって、流浪《るろう》した。全国各地にあった麻績部《おみべ》を頼る者が多かったが、そのうちのひとつがここだ」

ここ、と伯父は指で下をさした。

「麻績部って、麻績を作るひとたちのことでしょ？」

澪は麻績村の歴史を思い返す。古くから麻績を作る村だったことは知っている。

「麻は魔除《まよ》けの草だ。蠱師とのかかわりは深い。昔の蠱師は必ず麻を育て、糸を績《う》んでいた。麻績部のなかには、蠱師の集団で出来た部もあった」

「へえ……」そんな歴史があることを知らなかった。自分の家のことほど、知らないものだ。

「え、でも、そんな昔の話が今とどう関係あるの？」

天武天皇の時代なんて、七世紀ではないか。

「千年蠱は、古代中国の呪術者が作った蠱物だ」

「え？　古代中国？」さらに遡《さかのぼ》ってしまった。

「春秋《しゆんじゆう》時代の楚《そ》に――」

「え、え？　ちょっと待って。古代中国って、殷《いん》、周《しゅう》、秦《しん》、漢……」指を折って中国の王朝を数える。春秋時代っていつだ。

「周王朝があったころだ」

「すごく昔ってことだね」おおざっぱにまとめる。

「あ、蠱師が日本に伝わったのが漢だっけ？　それより前だ」と気づくと、「そうだ」と伯父はうなずいた。中国の歴史ってすごく古いんだな、などといまさらながら思った。

「春秋時代の楚という国に、霊均《れいきん》という呪術者がいた。この霊均が、ひとりの巫者《ふしゃ》の死霊を呪詛によって蠱物にした、それが千年蠱だ。千年蠱の厄介《やっかい》なところは、宿主を変えて何度もよみがえるというところだ」

「よみがえる……」

「簡単に言えば、生まれ変わる。人間として、何度も」

うっすらと、話が見えてきた。

「さまざまな時代で、やつは禍を引き起こしてきた。前漢の時代には巫蠱《ふこ》事件、隋《ずい》では猫蠱《びょうこ》事件……。そして日本にやってきた。麻績王の流罪後、一族はなんとか千年蠱を倒したが、そのあともやつは何度も生まれ変わって現れた。きりがない。

そのうち蠱師は、やつを倒すよりも距離をとって監視する道を選んだ。苦労して倒したところで、よみがえるのだから。倒そうとして蠱師の数を削られるほうが損失だ、と」

伯父は眉根をよせて、不快そうに語る。

じゃあ、と澪は口を開いた。

「あの凪高良が、その千年蠱の今の姿ってこと……」

「そうだ」

「わたしと、どういう関係があるの？」

伯父は板間に目を落とした。

「千年蠱は、邪霊を食らう」

「漣兄から聞いた」

「邪霊を食らうことで、千年蠱は力をつける。京都は新旧さまざまな邪霊が巣くう。やつにとっては絶好の餌場《えさば》だ。昔からやつはよく京都に身を置いていた。邪霊はやつに必要なんだ。――おまえほど、やつにとって都合のいい存在はない」

「ほっといても、邪霊が寄ってくるんだから？」

伯父はうなずく代わりに、ため息をついた。

ていた。

「おまえはもう、京都には行くな。絶対にだ」

そう言いつけると、伯父は祈禱所を出ていった。澪はうつむいて、板間を見つめていた。

――それだけだろうか？

澪は邪霊を引き寄せる。でも、京都が餌場というほど邪霊の多い土地なら、べつに喉から手が出るほど欲しい、という存在でもないはずだ。それを、そこまでして恐れなくてはならないものだろうか。

伯父はいつも、澪の目を見すえて話す。それがさっきは、下を向いていた。

――なにかあるのだ。

だが、話さない、と決めたときの伯父は、絶対に、なにも話してくれない。

澪は立ちあがると、祈禱所を出る。神社の鳥居まで歩き、その向こうに見える山々を眺めた。あたりには田畑と民家が広がるばかりで、高い建物もなく、遠くまで見通せる。くっきりとした青空に、生き生きとした山の緑が映えていた。涼やかな風が吹いた。京都のあの暑さが嘘のようだ。

「おまえは二十歳まで生きられないよ」

いやな嗤い声が響く。田んぼの畦に、黒い陽炎がゆらゆらしている。鳥居からこちらに入ってはこないから、澪は平然と無視をした。ただ、胸の底は泥を巻きあげられたようにざらりとする。

澪は遠くの山をにらむように見つめて、くるりと背を向けた。


「おい、澪！」

一週間ほどのち、澪の部屋に血相《けっそう》を変えた漣が駆けこんできた。

漣は制服だ。受験生なので、夏休みでも学校の図書室で勉強しているのである。

「おまえの担任から聞いたぞ。おまえ、どういうつもりだ」

澪は顔をしかめた。おしゃべりな担任だ。

「京都に引っ越すって――」

広げていたパンフレットを閉じる。それを漣にさしだした。京都にある姉妹校のパンフレットだ。漣はその表紙を眺め、うなる。

「……本気なのか」

「死にたくないから」

くるりと椅子《いす》の座席を回して、漣に向き直った。

「京都で思ったの。邪霊に襲われて、死にかけたでしょ。やっぱり死にたくないなって」

二十歳になれずに死ぬ、と呪いを吐かれても、どこか他人事だった。真正面から受けとめたら、怖くてとても毎日を平静に生きられないと思ったからだ。だから、深く考えるのをやめていた。

でも、実際に死にかけて、ああ死ぬのかと思ったら、驚くほど死にたくないと思った。だったら、目をそらしていてはだめなのだ。

どうしたら死なずにすむのか、もがかなくてはならない。

まだ生きているのだから。

「鍵は、凪高良だと思うから、わたしは京都に行く」

漣の目を見て、きっぱりと言った。

「澪……」

漣は呆然《ぼうぜん》とつぶやくと、澪のベッドの端に腰をおろした。

「ほかに方法があるなら、教えてほしい。わたしが死なずにすむ方法」

「……そんなのあったら、俺が教えてほしいよ」

漣はパンフレットを握りしめて、うなだれる。

「凪高良がなにをしてくれるって言うんだ？　あいつはおまえにとって害にはなっ

ても、助けにはならないだろ」

「そうかな。伯父さんはなにか隠してると思う。わたしとあのひとのこと」

「父さんが……？」

漣も、澪が聞かされた以上のことを知らされていないようだった。

「やるだけのことを、やっておきたいの。死ぬまでの年数を指折り数えるのはいやだもの」

漣は、髪をぐしゃぐしゃとかきまわした。

「父さんが許すはずない」

「許されなくたって、行くから。両親が死んで、親戚の伯父さんに面倒みてもらってるわたしが、べつの親戚のところに移るのは世間的に不思議じゃないでしょ」

「『べつの親戚』って、くれなゐ荘の忌部《いんべ》さんのことか？」

「玉青《たまお》さんに相談したら、くれなゐ荘は下宿屋だから、伯父さんたちの許可があれば引っ越してくるのはべつにかまわないって」

「学校は」

「京都の姉妹校で欠員募集があるから、転入試験に受かれば二学期から通える。わたしの成績なら大丈夫だろうって、先生は言ってた」

高校の転校は一家転住が条件のことが多いが、姉妹校は『事情により応相談』とわりあい柔軟だった。

澪の決意が固いのを見て、漣はため息をついた。

「おまえは、ほんと、父さんにそっくりだよ。なにからなにまで」

「……わたし、あんなに仏頂面《ぶっちょうづら》してる？」

「一度決めたら絶対ゆずらないところ。目をそらさずに話すところ。まあ、仏頂面もいい勝負だよ」

「漣兄には言われたくない」

漣はまたひとつ、ため息をついた。


澪の転校手つづきがすんだのは、夏休みも終盤のころだ。当然ながら伯父夫婦には反対されたが、頑として譲らない澪に、まず伯母が折れた。伯父は最後まで賛成はしなかったものの、『座して死を待ちたくない』という澪の主張の前には黙りこんだ。美矢に話したら、泣かれた。「絶対、遊びに行くからね！」と言っていた。

「特急の切符と新幹線の切符は、ちゃんと持ってる？　忘れてない？」

駅のホームで、伯母が心配そうに確認する。家から駅まで送ってくれるあいだもずっと、あれは忘れてないか、これは持ったかと、ひっきりなしに訊いてきた。

「うん、大丈夫」

見送りは伯母だけだ。伯父は社務所から出てこなかったし、漣は「どうせ俺もまた京都に行くし」と言って勉強している。

「忌部さんたちによろしくね。手みやげは持った？」

「うん」

手みやげは伯母特製の野沢菜《のざわな》漬けだった。玉青の好物だそうだ。

ホームに電車が近づいているアナウンスが響く。澪のほかに乗客はいないようだった。伯母はそわそわとしだした。

「足りないものがあったら、連絡してちょうだいね。すぐ送るから」

「うん」

「京都は暑いでしょう。あんた、夏バテしないかしら」

「気をつけるよ」

ほんとうに口にしたい言葉は、こんなことではない。

――どうして、わたしを弟夫婦にあげたの？

たったひとつの問いが、口に出せない。身内だからこそ、訊けない。

いつか訊けるときが来るだろうか。

「水分をちゃんととって――」

「大丈夫だから」

伯母は口をつぐむ。電車がホームに入ってきた。澪は扉の前に立つ。ふり返ると伯母は、泣くような、笑うような顔をしていた。

扉が開く。

「ほんとに、大丈夫だから。――お母さん」

電車に乗りこむ。車内の乗客もすくない。

「澪」

ふり返ると電車を降りたくなりそうで、澪は前を向いたまま、座席に腰をおろした。扉が閉まり、走りだしてから、ホームに顔を向ける。伯母はホームにたたずみ、澪を見つめていた。電車が遠ざかっても、伯母はずっとそこに立っていた。

鉄^{かな}
輪^わ

くれなゐ荘の朝はいつも、香《こう》ばしいにおいに満ちている。卵や、魚を焼くにおいだ。セーラーワンピースの制服に着替えて居間《いま》に向かえば、卓袱台《ちゃぶだい》の上に朝食が用意してある。だし巻き玉子か目玉焼きに味噌汁《みそしる》、焼き魚にご飯、漬物《つけもの》というのが定番で、日曜の朝だけパンになる。今朝は大根の味噌汁に、焼き魚は鯵《あじ》のみりん干し、漬物は野沢菜《のざわな》漬けだった。伯母《おば》が漬けたものだ。

「おはようございます」

卓袱台の前にはひとりの老人が座っている。澪《みお》があいさつをすると、「おはよう」と読んでいた新聞を折りたたんだ。半白《はんぱく》の髪を短く刈りこんだ、六十代くらいのこの老人は、くれなゐ荘のもうひとりの管理人、忌部朝次郎《いんべあさじろう》である。玉青《たまお》とは夫婦だそうだ。口数のすくないひとで、どことなく職人のような雰囲気もあり、話しかけづらい。が、そう見えるだけで、べつに気難しくはないようだ、と下宿しはじめて半月ほどたった澪は感じていた。日曜の朝にパンを焼いているのは彼である。

「今日も暑なるらしいで」

ご飯をよそった茶碗を盆《ぼん》にのせて、玉青が居間に入ってくる。「いつになったら涼《すず》しなるんやろな。言うてる間に寒《さむ》なるんやから、いややわ」

玉青は案外、おしゃべりらしい、というのは下宿しはじめた当日に知った。こちらの返事はあまり聞いておらず、ほとんどひとりでしゃべっている。かと思うと「ちょっと、訊《き》いてるんやないの、なんか言うてや」となじられるので困る。

現在、食卓を囲むのはこの三人だ。下宿人は数人いるらしいのだが、いまはいない。蠱《まじない》師《し》として全国を渡り歩いているので、留守《るす》にすることも多いという。

野沢菜漬けを口に入れる。しゃきしゃきとして歯触《はざわ》りがよく、塩辛《しおから》さもちょうどいい。どこがどう違うとうまく言えないが、市販のものとも、よその家のものとも違う、麻績《おみ》家の味だ。家を離れてひと月もしないのに、もう懐《なつ》かしい、と感じる。伯母からはしょっちゅう野菜やら乾物《かんぶつ》やらが届く。先日は米が届いた。

食事を終えて、歯を磨《みが》いたら、ハンカチとお守りがポケットに入っているのを確認して、くれなゐ荘を出る。毎朝うるさく持ち物チェックをしていた漣《れん》がいないので、自分でやっている。ときどき忘れて、玄関から部屋にとって返す。

高校は鹿ヶ谷《ししがたに》、哲学の道の近くにあり、バスで通っている。邪霊《じゃれい》の出やすい場所というのがすこしずつわかってきたので、バス停までの道はそこを避《さ》けるようにしていた。それでも澪に引き寄せられて突発的に現れたり、逃げ場のないバスの車内で遭遇《そうぐう》したりしてしまうと、どうしようもない。いまみたいに。

焦《こ》げくさいにおいに鼻が曲がりそうだ。バスの車内は狭いし、冷房を効《き》かせるために窓も閉め切っているから、こんなときは辟易《へきえき》する。後部座席で、黒い陽炎《かげろう》が揺らいでいる。澪が立っている位置のすぐそばだ。陽炎はゆらゆらと動いて、澪のほうへと近づいてきた。近づくにつれて、黒い陽炎は顔を形作ってゆく。青白い顔に長い髪を貼《は》りつかせた女だった。髪のさきから滴《しずく》がしたたる。

「……雪丸《ゆきまる》」

口のなかでささやく。足もとに小さな白い狼《おおかみ》が現れる。雪丸がひと声、犬のように吠《ほ》えた。柴犬のような鳴き声だ。

雪丸が吠えた途端《とたん》、女の姿は驚いたようにかき消えた。いまのは追い払っただけで、祓《はら》ったわけではない。でも、いまはそれでじゅうぶんだ。

こうやって雪丸を呼びだせるようになって、ずいぶん楽になった。いまのように吠えるだけで弱い邪霊なら追い払えるからだ。追い払えない邪霊もいるし、呼びだす前に襲《おそ》われたら逃げるしかないが。

バスを降りて、学校に向かう。おなじ制服を来た女生徒たちが、やはり学校に向かって歩いている。澪の転入した学校は、長野の学校とは違い、女子校だ。女子ばかりの学校の様子が想像つかず、身構えていたものの、いざ通ってみれば長野の学校とさして違いがあるわけではなかったので、いくらかほっとした。が、中途半端な時期の転校生なんてものは、異物に違いない。邪霊の影響で体調を崩《くず》して休むことがたびたびあるせいもあって、澪はまだ友人らしい友人ができていない。無視されているわけでも意地悪をされているわけでもないので、まあいいか、と思っている。目下《もっか》、澪の関心事は己《おのれ》の呪《のろ》いをどうやったら解けるか、なので、他事はおろそかになっている面もある。

昇降口で顔を合わせたクラスメイトにあいさつだけしてすれ違い、階段をのぼる。前にいる女生徒の足首に黒い陽炎がまとわりついているのを見て、澪は誰にも聞きとれないくらいの声で「雪丸」と呼ぶ。雪丸がひと声吠えると陽炎は霧散《むさん》したが、その拍子《ひょうし》に女生徒は足を引っ張られたように階段を踏み外《はず》す。「きゃっ」と体が傾いた女生徒の肩を澪は支えた。

「……大丈夫？」

「えっ、あ、うん」

女生徒は目を丸くしている。「ありが――」礼を言われる前に澪はさっさと階段をあがる。失敗した。階段をのぼりきってから、雪丸を呼ぶべきだった。まだまだ、澪は邪霊をわかっていない。

教室に入る。澪の席は窓際《まどぎわ》のはしっこである。そこしか空き場所がなかったのだ。

椅子《いす》に座って鞄《かばん》から教科書やノートをとりだしていると、隣の席の女生徒がやってきた。小倉茉奈《おぐらまな》。ショートカットでリスのようにくりくりとした目の、敏捷《びんしょう》そうな子だ。陸上とかやってそうだな、と思ったら、やはり陸上部だった。短距離走の選手だそうだ。

「おはよ」と軽く声をかけてきた茉奈に、澪も「おはよう」と返す。笑顔を向けようとして、表情が固まってしまった。

茉奈のポケットあたりに、黒い陽炎がわだかまっていたからだ。

「ポケットになに入れてるの?」

思わず訊いてしまっていた。

「へ?」茉奈はきょとんとしたが、すぐに「ああ、これ?」とポケットからなにかをとりだした。手にしているのは、薄いコンパクトだ。白蝶貝《しろちょうがい》のような白い蓋《ふた》を開くと、鏡になっている。

「拾ったんよ。彩香《あやか》さんが落とさはって。あ、彩香さんて近所のひとな。落合《おちあい》さんとこの奥さん。彩香さんがゴミ捨てに行かはる途中で会《お》うてんけど、そんとき落とさはったんやな。追いかけてると学校に遅れるわーと思て。帰りに返しに行ったらええやろと思てるんやけど、あ、大事なもんやったらどないしよ。さがしてはるやろか。まあええか、謝《あやま》ったら。いや謝るんはおかしいか」

ひと息に、よくしゃべる。しかし澪はほとんど聞いていなかった。茉奈が手にした鏡には、黒い髪がびっしりと巻きついているように見えたからだ。もちろん、茉奈には見えていないのだろう。

「麻績さん？　どうしたん、これがどうかしたん？」

「あ……ううん」どうとも言いようがない。澪はひきつった笑《え》みを返した。

あんなものを持っているなんて、近所の彩香さんとやらは、何者だろう。

――邪霊に取り憑《つ》かれている？

それとも、おかしいのは鏡だけか。澪は蠱師ではないので、よくわからない。しかし、わからないからといって、放っておいていいものだろうか。でも、どうせなにもできない。そもそも澪はほかにやるべきことがあるので、よけいなことにかまけている暇《ひま》もない。

その日、澪は一日じゅう、悶々《もんもん》と考えこんでいた。考えた結果、放課後、帰り支《じ》度《たく》をする茉奈に声をかけた。

「あの、小倉さん」

「なに？」茉奈は手をとめて澪のほうを見る。

「拾ったっていうあの鏡、これから返しに行くんだよね？」

「うん、今日は部活もないし、いまから」

「じゃあ、あの、わたしもいっしょに行ったらだめかな」

「へ？」

茉奈は目を丸くする。「なんで？」

「いや、あの鏡なんだけど、どこのメーカーのものか知りたくて。っていうのも、わたしの死んだ母親が持ってた鏡に似てる気がして、おなじのが売ってるなら、買いたいなって思って」

しどろもどろ、今日一日がんばって考えた言い訳を披露《ひろう》する。もちろん、嘘《うそ》である。茉奈は目を丸くしたまま澪を凝視《ぎょうし》していた。苦しい言い訳かな、とどきどきしたが、「わかった」と茉奈は言った。

「ええよ、いっしょに行こ」

ほっとした。茉奈はさしてあやしむ様子もなく、「うち、こっから近いんよ。哲学の道を北に行ったとこ。落合さんとこもその辺」とドアのほうに向かう。

「麻績さん家《ち》はどのへん？　近い？」

「一乗寺《いちじょうじ》。家というか、親戚の家に下宿してる」

「あ、そうなんや」

下校の生徒がかしましく行《ゆ》き交《か》う廊下を過ぎ、昇降口で靴を履《は》き替え、外に出る。

「一乗寺やったら、ラーメン食べた？　いっぱい店あるやろ」

「え、ううん」ラーメンが有名な界隈《かいわい》なのか。いま知った。

「もったいない。言うて、あたしも食べに行ったことないけど。めんどいから」

茉奈は明るく笑う。夏の日差しみたいに、ぱっと明るく笑う子だ。

「長野から来たんやったっけ？　もう観光とかした？」

「してない」どこで邪霊とばったり出くわしてしまうかわからないので、あまり出歩いていないのである。暑いし。

「ひと多いしなあ。でも桜と紅葉《もみじ》の時季よりまだましやで」

学校からの道を曲がり、川沿いの細道に入る。哲学の道だ。緑の生《お》い茂る静かな道で、平日の午後、それも暑いなかだからか、ひと気《け》はなかった。ときおり観光客らしいひととすれ違い、木陰《こかげ》には猫が寝転《ねころ》んでいる。かと思えば茂みからべつの猫が現れ、前を横切る。どの猫ものんびりとしていた。のどかだ。

茉奈は学食ではなにがおいしいとか、先生の評判だとか、そんなことをひとしきりしゃべったあと、「あたし、いっぺん麻績さんとおしゃべりしたいと思てたんよ」と笑った。

「どうして？」

「麻績さんて、超然としてるというか、ひとりでも平気な顔してはるやん。かっこええなと思て。でも近寄りがたいというか、話しかけづらかったもんやから」

「……話しかけづらいというのは昔から言われる……」

これでも、愛想《あいそ》よくしているつもりなのだが。つもりでしかないようだ。

茉奈はひっきりなしにしゃべるが、澪が転校してきた事情だとか、家のことだとか、突っ込んだことを訊いてはこなかった。それに気づいて、澪は彼女が意外にも繊細《せんさい》な感覚の持ち主だと察する。いや、意外にもというのは失礼か。

「こっち、落合さん家」と指さして茉奈は路地に入ってゆく。住宅地だ。古い日本家屋《かおく》もあれば、真新しい、今風の家もある。茉奈はそのうち、一軒の家の前で立ちどまった。今風の家のほうだ。四角い箱のような形をしていて、白壁《しろかべ》がモダンだ。庭の入り口には蔓薔薇《つるばら》のアーチがあったが、あまり手入れはされていないのか、形が崩れ、花も枯《か》れたものがそのままになっている。

茉奈がインターホンを押す。しばらくして、「はい？」と女のひとの声がした。

「こんにちは」と茉奈があいさつすると、「あら、茉奈ちゃん」という声のあと、玄関の扉が開いた。三十代くらいの、ほっそりした女性が現れる。ボーダーのカットソーにジーンズという身軽な出で立《いでた》ちで、髪は肩あたりまでのボブだ。顔はにこやかだが、化粧《けしょう》気《け》がなく、どこかさびしげに映《うつ》る。寝不足なのか隈《くま》ができていて、まぶたが腫《は》れぼったい。

「学校帰り？　どうしたん？」

さわやかなしゃべりかたをするひとだ。だが澪はあとずさりして逃げたくなった。彼女のせいではなく、彼女の背後に見える、黒く濃い陽炎に。

玄関のなかから奥まで、黒い陽炎で満ちている。彼女の腕や足にも、絡《から》みついていた。

「これ、今朝拾ったんですけど、彩香さんのとちゃいますか？」

と、茉奈は鏡をさしだす。「ああ」と彩香は目をみはった。

「そう、あたしのやわ。落としてたんやな。どうもありがとう」

鏡を彩香に渡して、茉奈はちらりと澪を見た。それに気づいた彩香が、「茉奈ちゃんのお友達？」と尋《たず》ねる。

「うん、こないだ転校してきた子やねんけど。その鏡のことで、訊きたいことがあって。な？」

水を向けられ、澪は口を開く。

「わたしの死んだ母が持っていた鏡と似ているので、どこで買えるのか教えてほしいんです。母の鏡は、なくしてしまったので……」

邪霊を正視できず、澪はうつむきがちにしゃべった。

「そうなん、お母さんの……」彩香は気の毒そうに言う。「でも、ごめんな。あたしは知らへんのよ。あたしの鏡て言うたけど、もともとは違うひとのもので、そのひとも亡《こ》くなってしもたんやけど、その形見《かたみ》にもろたものでな。そんなんやから、どこで買うたかもわからんのよ」

ごめんな、と彩香は重ねて詫《わ》びた。いいえ、と澪はあわてて首をふる。嘘なのに謝られては、こちらが申し訳ない。

——形見の鏡か……。

それゆえに、死者の執着《しゅうちゃく》がこびりついているのだろうか？

「あの、つかぬことをお訊きしますが」おそるおそる、澪は尋ねる。「その鏡を持っていて、変なことや困ったことが起こったりは……」

「え？」彩香は眉《まゆ》をひそめた。「なにそれ」

『つかぬこと』過ぎたか、と澪は「なんでもないです」と質問を引っ込めた。

こうしているいまも、黒い陽炎があたりを漂《ただよ》っている。じわじわと澪のほうに寄ってこようとしていて、澪は雪丸を呼ぶべきかどうか、迷った。ここで邪霊を散らしたところで、また戻ってくるのかもしれない。根本的に祓わないと意味ないだろう。

澪は、雪丸で邪霊をいっとき追い払うことはできても、前のように鈴に変化させて祓う、ということまではできていない。どうやったらできるのかもわからない。あきらかにこの家の様子はおかしいのに、いまの澪にはどうすることもできない。これ以上居座《いすわ》ることもできず、澪は茉奈とともに玄関を出た。

「さっき訊いてたのって、なに？」

茉奈は不思議そうな顔をしている。澪は曖昧《あいまい》に、「いや、なんか、亡くなったひとのを持ってると、そんなこともあるかなって……」と答えた。

「あー」と、意外にも茉奈は何事か納得《なっとく》したようにうなずいた。彼女のこの『あー』の意味を澪が知るのは、翌日のことである。

くれなゐ荘に帰宅した澪は、居間の横を通り過ぎようとして、戻った。居間では朝次郎が雑誌を開いている。パンのレシピを書き写しているようだった。

「あのう」

ひかえめに声を出すと、朝次郎は顔をあげた。「ああ、おかえり」

朝次郎は見た目どおり渋い声をしている。「ただいま」と返して、「いま、ちょっといいですか?」と訊いた。

朝次郎はちょっと驚いたように目をしばたたいたあと、かけていた老眼鏡を外した。

「ええよ。なんや?」

彼の言葉には無駄がない。澪は朝次郎の向かいに腰をおろした。

「今日、クラスの子が鏡を拾ったんですけど――」

澪は邪霊に満ちた家のことを話した。鏡に髪が巻きついていたことも、それが死者の形見だということも。

「そのせいかどうかわかりませんけど、彩香さんは寝不足みたいで、顔色も悪くて……放っておいていいものかと思って」

朝次郎はすこし首をかしげ、

「なんとかしてくれ、て言われたわけと違うんやろ。それやったら、蠱師にもどうしようもないわな」

とあっさり言った。

「それはそうなんですけど」そう言われるのだろうとは思っていた。「でも、それでなにかあったら、寝覚《ねざ》めが悪いじゃないですか」

正直なところを言うと、朝次郎はまじまじと澪を見て、笑った。笑うとこのひとは、とたんにやわらかい雰囲気になる。

「正直やな。でも、ま、そんなもんや。蠱師は手ェ出しても出さんでも、寝覚めの悪いことばっかりや。蠱師がお節介《せっかい》で乗りこんでいっても、迷惑がられるだけやで」

「はあ……」

やはりそうか。

「でも、鏡なあ」朝次郎は頰杖《ほおづえ》をついて、つぶやく。「それやったら……」と、指で居間の奥のほうをさす。下宿部屋のあるほうだ。

「今日、下宿人のひとりが戻ってきてな。麻生田《おうだ》て、麻績の親戚筋やけど。麻生田八尋《やひろ》」朝次郎はペンでノートに字を書いた。「八尋が興味持つかもしれへん。持たへんかもしれんけど。金にならんことは、したがらへんやつやさかい」

いっぺん相談してみたらええわ、と言われて、澪はその麻生田八尋とやらの下宿部屋に向かった。澪の部屋よりも奥にある。ガラス戸にカーテンが引いてあるのはおなじだ。澪は廊下から声をかけた。

「麻生田さん、すみません、いますか」

「なんや?」

がらりとガラス戸が開いた。薄緑のシャツの胸が見えた。女子のなかでは長身の澪よりも、ずっと上背《うわぜい》のある青年だった。痩《や》せぎすで、ひょろりとしている。三十代くらいだろうか。

青年は澪を見て、ぽかんとした。

「えっ、誰?」

「麻生田八尋さんですか。わたしは麻績澪です。親戚だそうですけど」

「ああ、麻績の」

合点《がてん》がいったような顔をして、八尋は頭をかいた。居眠りでもしていたのか、髪はぼさぼさで寝癖《ねぐせ》がついている。

「こっちの高校に通っとるんやったっけ。玉青さんがなんやそんなこと言うとったわ。親戚やいうても、遠い親戚やろな。麻生田て、員弁《いなべ》にあるんや。員弁てわからんか。三重県や。三重の北のほう」

「はあ」よくわからない。

「君は麻績村の出身なんやろ。僕《ぼく》は麻績村に行ったことあるで。諏訪《すわ》とか、あの辺もな。趣味で」

「趣味……？」

「趣味で民俗学やっとる。本業にしたいけど、金にならんからな」

へらりと笑う八尋の顔を、澪は眺《なが》めた。見た目は好青年なのだが、なんとなく、うさんくさいひとだなと思った。

「ああ、ほんで、僕に用事でもあったん？」

「はい」澪は気を取り直して、「ちょっとご相談が」と言った。

「相談？　依頼やったら受けるけど」

「依頼？」

「相談て言われてええ話やったためしないねん。だいたい、ただ働きしてくれいう話やから」

「……」

「まあええわ、親戚のよしみで話だけは聞くわ」

八尋は部屋をふり返り、「女の子を男の部屋に入れるんはなあ」と頭をかいて、廊下に出てくる。八尋の髪がぼさぼさな理由がわかった。頭をかく癖があるからだ。

「縁側行こ」

澪をうながして、さきを歩く。廊下を曲がると、庭に面した縁側に出る。

木槿《むくげ》に鶏頭《けいとう》、吾亦紅《われもこう》……赤い花々が緑のなかで映《は》えている。とりわけ鶏頭は燃えさかる炎《ほのお》のようだ。楓《かえで》や紅満天星《べにどうだん》などもあり、晩秋になればあたり一面、紅《くれない》に染まるのだろう。

八尋は縁側に腰をおろした。澪もそれにならう。

「それで？」とうながされて、澪は朝次郎にしたのとおなじ話をくり返した。

「ああ、はいはい、やっぱりそういう話な」

聞き終えた八尋は、いかにもいやそうにしかめっ面《つら》をしていた。

「朝次郎さんは、麻生田さんならもしかして興味持つかもって……」

「僕に丸投げしよったな、あの爺《じじい》」

悪態をついて八尋は髪をかきむしる。

「鏡に髪の毛なんて、もう、いかにもねっとりしてそうやんか。呪詛《じゅそ》がらみやろ。僕はそういう湿《しめ》り気《け》のある呪詛は嫌《きら》いやねん。古い呪詛のほうが好きや」

「呪詛なんてみんなじっとりしてるんでは……」

「古い家の因縁《いんねん》とか、祟《たた》りとか、そんなんやったらやる気も出るけど」

澪は落合家を思い浮かべる。「新しい家でした。すくなくとも建物は」

「つまらんな」

八尋は興味なさそうにそっぽを向く。

「呪詛って、誰かがあの家のひとを呪ってるってことですよね。でも、あの鏡は彩香さんのものじゃなくて、亡くなったひとの形見だって言ってました。呪詛というよりは、亡くなったひとの執念《しゅうねん》とか、そういうのじゃないですか？」

「形見なあ……」八尋はつぶやく。「肉親のとは違うんやろな」

「え？　さあ、そこまでは」

「母親とか姉妹とかやったら、そやって言うやろ」

「まあ、そうかもしれませんが」

「それに鏡はなあ。霊魂《れいこん》の容《い》れ物《もの》やから、ようないで。魔除《まよ》けにもなるけど、悪いもんも引き寄せる。なにが憑いとるか、わかったもんやない」

「はあ……じゃあ、あの鏡を手放すように助言してみるとか」

「やるんやったら、自分でやってな。僕は知らん」

「わたしなんかが、どう言うんですか。その鏡は捨てたほうがいいですよって言えばいいんですか」

「僕が言うてもおなじていうか、僕がいきなり押しかけていって言うほうが気味悪いやん。あのな、蠱師なんて、そんな訪問販売みたいにお祓いするもんとちゃうんや。紹介がないと。祓ってやったところで、気味悪がられるか迷惑がられてお代もらうどころやないで」

あかんあかん、と八尋は手をふる。これはだめだ、と澪は息をついた。

日暮れまでまだ間がある。今日のうちに行ってこようか、と澪は台所にいる玉青に声をかけた。

「玉青さん、自転車を借りてもいいですか?」

「ええよ。どこ行かはるん」

「哲学の道のほうまで」

「日が暮れる前に帰ってくるんやで。坂道に気ィつけて」

「はい」

台所には醬油と出汁《だし》のにおいが漂っていた。玉青は里芋《さといも》の皮をむいていたので、里芋の煮っころがしではないかと推測する。

玄関脇にとめてある自転車を拝借し、澪は坂道をくだった。白川通《しらかわどおり》に出て、ひたすら南に向かって自転車をこぐ。今出川通《いまでがわどおり》の交差点を過ぎたあたりで、横道に入った。たしかこのあたり、と周囲を見まわしながら、落合家をさがす。

――あった。

白壁のモダンな家。自転車をとめて、インターホンを押した。彩香はけげんそうな顔で玄関の扉を開けた。

「なにか忘れ物？」

「いえ、あの」額《ひたい》の汗を手の甲でぬぐいつつ、言葉をさがす。「さっきの鏡なんですけど、やっぱり、手放したほうがいいんじゃないかと」

藪《やぶ》から棒だろうか、と彩香の顔を見ると、彼女は不愉快そうに顔をゆがめていた。

「……茉奈ちゃんからなにか聞いたん？」

「え？」

「ご近所でどう噂《うわさ》されてるかは知ってるけど。根も葉もないこと言いふらされて、いいかげん、不愉快やわ」

――いったい、なんの話だ。

ぽかんとしたが、誤解されては困る。澪が、ではない、茉奈が、だ。

「なんのことかよくわかりませんけど、小倉さんからはなにも聞いてません。小倉さんはそんな、噂とか吹聴《ふいちょう》するような子では」

ないだろう――まだよく知らないが。たぶん。

彩香は黙りこみ、額を押さえた。顔色がよくない。

「そう……そやね。違うんやったら、悪かったわ。早とちりして……」

「顔色がよくありませんけど、眠れてますか」

「ちょっと寝不足で。ええんよ、大丈夫。こんなんで死ぬわけちゃうし」

彩香は力なく笑って、ドアノブに手をかけた。

「もうええかな。疲れてるもんやから」

「あ……はい。すみません」

ドアは音高く閉められた。鍵《かぎ》をかける音がする。

――どういうことなのか、わからない。

が、どうも触れられたくないところに触れてしまったらしい。

――あの鏡にかかわりがある、というのはわかるけど……。

亡くなったという、もとの持ち主とのことで、なにかあるのだろうか。いくら考えてみたところで、推測する材料もないが。

とりあえず帰ろう、と自転車をこぎだす。角を曲がろうとしたとき、黒いものがさっと前を横切って、澪はあわてて避けた。バランスを崩して、自転車ごと倒れる。

「いったぁ……」

肘《ひじ》がじんじんする。身を起こそうとして、澪はぎくりと固まった。すぐ目の前に、黒い陽炎がわだかまっている。

「雪――」

雪丸を呼ぼうとしたとき、陽炎はわっと澪に飛びかかってきた。思わず目を閉じ、身をすくめる。だが、邪霊が襲ってくるような衝撃《しょうげき》はなかった。そっと目を開ける。虎《とら》と目があった。

「……あっ」

大きな虎が、邪霊を踏みつけている。「於菟《おと》!」と澪は声をあげたが、虎の反応はなかった。

於菟の耳がぴくりと動き、顔を横向ける。澪もつられてそちらを向くと、高良《たから》が近づいてくるところだった。

彼に会うのは、夏休み以来だった。彼は眉をひそめて澪を見ている。

「助けてくれて、ありが――」

「なんでまた京都にいる」

ぴしゃりとたたき落とすような口調《くちょう》で言った。開口一番、突き放すような声音《こわね》に、澪はむっとする。

「引っ越してきたの、こっちに」

高良は舌打《したう》ちした。

「馬鹿なことを」

――馬鹿？

いつもいつも、高良の口ぶりは冷淡だ。いったい彼はなぜ、こうも澪に対して辛《しん》辣《らつ》なのだろう。

「どうして？　わたしは死にたくないから、ここに来たの。死ななくてすむ方法をさがしに」

きっぱり言うと、高良は黙った。澪は自転車を起こして立ちあがり、スカートの土埃《つちぼこり》を払う。

「あなた、なにか知ってるんでしょう？　どうやったら、わたしの『二十歳《はたち》まで生きられない』なんていう呪いが解けるのか」

高良には、会いたいと思っていた。いや、会わなければならないと。彼はなにか知っているはずだ。

「あなたはわたしのなんなの？　前からわたしを知ってたの？　あなた、どこに住んでるの？　どうしてわたしを助けてくれるの？」

高良が澪の問いかけにまるきり反応を見せず、聞こえていないかのように無表情を貫《つらぬ》くので、澪は苛立《いらだ》ってまくしたてた。

澪が口を閉じると、高良は眉根をよせ、

「……うるさい女だな……」

つぶやくようにぼそっと言った。聞こえている。

「ちょっと」

高良はくるりを背を向けた。そのままますたすたと歩きだす。於菟があとをついていった。「ちょっと待って」と澪が声をかけるも、まったく一顧《いっこ》だにしない。澪は自転車を引いて、あわてて追いかけた。高良と於菟は路地を曲がる。そのあとにつづいて路地に入ると、彼らの姿は跡形《あとかた》もなく消えていた。

「えっ……なんで」

澪は立ち尽くす。路地の両側は石塀《いしべい》にふさがれ、身を隠せるような横道もないのに、いったいどこへ行ったというのか。

「……もう！」

どうにならず、澪は歯嚙《はが》みした。路地には薄い翳《かげ》が落ちている。いつのまにか日が暮れかけ、天頂《てんちょう》はすみれ色に沈みつつあった。空の端《はし》は橙《だいだい》と群青《ぐんじょう》にわかれている。うるさがって姿を消すくらいなら、どうして澪の前に現れたのだろう。高良はいつだって、澪を助けてくれている。それも、ものすごく迷惑そうに。

くれなゐ荘に帰って玉青に自転車を借りた礼を言いに行くと、玉青は「肘!」とひと言叫《さけ》んで居間に飛んでいった。肘を見れば、擦《す》り傷《きず》から血が出ていた。転《ころ》んださいに怪我《けが》をしたようだ。どうりで痛いと思った。

居間で玉青に手当てしてもらっていると八尋がやってきて、澪の傷を見るなり奇《き》怪《かい》な悲鳴をあげた。

「どうしたん、それ」

「自転車で転んだんやって」と、澪が答える前に玉青が言う。「なんや邪霊のことで気になるお宅があって、行ってきた帰りに」

「え、なに、鏡のあれで? それ、家のひとにやられたん?」

「いえ、違います」

否定したが、八尋は青い顔で澪の肘を眺めていた。

「ちょっと血が出ただけで、たいした怪我じゃないです」

「いやいや、痛いやろ。お風呂《ふろ》でしみるで、それ。うわあ」

「大丈夫です」

子供のころから邪霊に追いかけられて転ぶことが多かったので、擦り傷くらいは平気だ。

玉青がじろりと八尋をねめつけた。

「八尋さんがいっしょに行ってくれはったら、澪ちゃんも怪我せんかったやろに。相談されたのに、突っぱねたんやって？　それで高校生ひとりに問題を押しつけて、ええ大人が情けない」

「え、ええ……だって、それは、そもそも朝次郎さんが僕に押しつけて」八尋は部屋の隅《すみ》で夕刊を広げている朝次郎のほうを見た。朝次郎はさっと目をそらす。「あっ、ちょっと、ずるい」

玉青ににらまれて、八尋はうなだれる。「……ごめんなさい」

「あの、転んだのはそれとは別件なので」と澪は言ったが、玉青には「そういう問題とちゃうねん」と言われる。

「子供を預かってるんやからな。こっちには大人としての責任があるんや。なんかあったら親御《おやご》さんに申し訳ない」

怪我の手当てを終えて、玉青は救急箱を片づける。

「八尋さん、ちゃんとしてあげてや。怪我させてしもたんやから」

いや、怪我は彼の責任ではないのだが……と澪は思ったが、八尋はおとなしく「はい」と答えている。

まだ晩ご飯の準備の途中だからと、玉青は台所に戻っていった。八尋は澪に向き直る。

「ごめんな。明日にでも、その落合さんとやらの家にいっしょに行くわ」と、頭をかきながら言った。

なんだかよくわからないが、八尋がやる気になってくれたのはわかった。

こういうのを、怪我の功名というのだろうか、と澪は思った。

翌朝、登校すると茉奈が「なあなあ」と椅子ごと澪の席に近づいた。「今朝、彩香さんに声かけられたんやけど」

茉奈まで苦情を言われたのだろうか、と思ったが、違うようだった。

「謝られてん。麻績さんにきつい態度とってしもたって。あたしがなんか彩香さんの噂を吹きこんだと早とちりしはったんやってな。それも謝られたわ。なんのことかようわからんのやけど、麻績さん、昨日、もいっぺん彩香さんとこ訪ねたん?」

澪はうなずいた。「やっぱり、あの鏡が気になったものだから」

茉奈はいまいちぴんとこない、という顔でちょっと首をかしげている。澪は言い訳をさがした。

「あの……、うち、神社なのね。それで、なんというか、亡くなったひとの鏡っていうのが」しゃべりながら、八尋に聞いた話を思い出した。「そう、鏡って、よくないっていうから。魂《たましい》の容れ物なんだって。親戚のひとがね、そう言ってて」

「へえ！」かなり曖昧な言い訳だったが、茉奈は素直に感心するような声をあげた。「そうなんや。知らんかった」

「彩香さんの顔色も悪かったし、鏡がよくないのかなって」

「そうそう、そうやねん」茉奈は何度もうなずいた。「元気ないやろ。噂のせいかと思てたけど――」

言いかけて、茉奈は困ったような顔をした。

「麻績さんさあ、あたしのこと、噂を吹聴するような子やないて言うてくれたんやって？　そんな褒《ほ》められたら、これ話しにくいねんけど。でもまあ、買いかぶられても困るしな。あたし、そんな清く正しい子とちゃうし」

茉奈はいたずらっぽく笑う。

「噂を吹聴しいひんのなんて、処世術やで。前に痛いめ遭《お》うてん。どこでどう伝わって自分が悪者にされるかわからんでな」

からりとした口調で言う茉奈は、じゅうぶん清々《すがすが》しい。

「ほんで、これは『こういう噂のせいで彩香さんが困ってる』、て話やねんけど、彩香さんは、後妻やねんな」

「後妻」

なかなか耳にしない言葉である。

「落合さんとこの前の奥さん、亡くなってはるんよ。病気で。亡くならはったんが二年前。彩香さんが落合さんと結婚しはったんが半年前。でも彩香さんは、もともと前の奥さんの友加里《ゆかり》さんと友達やってん。病気で入院してはる友加里さんをしょっちゅう見舞《みま》わはって、友加里さんが家のこととかだんなさんの食事とか気にしはるから、彩香さんが代わりにそっちも世話しはるようになって。友加里さんが亡くならはったあとも家に来てて、ほんで、結婚しはった」

茉奈はちらりと澪の顔を見た。

「わかる?」

「ああ……うん、まあ、なんとなく見えてきた」

噂というのが、どういうものだか。

「友加里さんが生きてはるころから、そういう関係やったんちゃうの、ってことな」

「ありがちというか」

「どっちでもええやろというか」

茉奈はうんざりしたようにため息をつく。「あたしに関係ないし。こんな噂話、母親から聞かされるんやで。勘弁《かんべん》してほしいわ」

「それで、彩香さんもうんざりしてるんだね」

「だいぶ神経質になってはるみたいやな」

茉奈は友加里とも彩香ともご近所という以上に親しくはないそうで、どちらの肩を持つでもないらしい。

「あの家、新しいやろ？　あたしが小さいときから長いこと古い空き家が建ってて、それがようやく処分されたんか、更地《さらち》になって、あの家が建って。建て売り住宅。ほんで、落合さん夫婦がよそから引っ越してきはったんよ。もとは城陽《じょうよう》のほうに住んでたて言うてはったかな。そやから、あんまりよう知らへん」

「ふうん……」

茉奈の口ぶりからは、なんとなく落合夫婦がよそものであったことを感じさせる。そう感じるのは、澪もおなじくよそものだからか。

「……彩香さんは、わたしがあの鏡は手放したほうがいいって言ったら、噂を聞いたのか、みたいなことを言って怒ったの。ということは、あの鏡って……」

「友加里さんの形見なんとちゃう？」

「やっぱり」

そう言いながら、澪はあの鏡にまとわりついていた髪を思い出していた。

――あれが、形見。

お腹《なか》のあたりが妙に冷えるような心地《ここち》がした。


放課後になって、澪は歩いて哲学の道に向かった。八尋と待ち合わせをしているのだ。

川沿いの道を北に歩いていると、八尋が一軒のカフェから手をふりながら出てきた。このあたりには雰囲気のいいカフェがちらほらある。澪はまだ入ったことがない。白いシャツの上にリネンのジャケットを羽織《はお》り、ベージュのパンツを合わせた八尋は、さわやかで真面目《まじめ》そうな青年に見えた。

「落合さんの家ってこのへん？」

「もうちょっと北側です」

「はよ行こ。女子高生と並んで歩いとったら職質されそうで怖《こわ》い」

「されたら、職業ってなんて答えるんですか？」

「民俗学者」

それはそれでうさんくさそうだな、と思った。

「蠱師って、ぜんぶで何人くらいいるんですか」

八尋と共通する話題といったら蠱師ぐらいなので、澪はそんなことを訊いた。

「さあ、知らん。資格や元締めの団体があるわけちゃうからな。各一族でだいたい把握《はあく》しとるやろうけど、洩《も》れもあるやろし。なにせ、麻績王《おみのおおきみ》が流罪《るざい》になったときに全国各地に散らばってしもたから」

「ああ……そういえばそんな話が」

「あちこちに麻績王の貴種流離譚《きしゆりゆうりたん》が伝わっとるんは、そのせい。万葉集とか、風《ふ》土記《どき》とかに残っとるけど。各地の麻績と交流のあった海人《あま》のひとたちが伝え歩いたんや。海人は漁場を移動するからな」

「へえ……」貴種流離譚ってなんだっけ、と思いつつ話に耳を傾ける。

「なんで海人か言うたら、網《あみ》に麻糸を使うから、その交易《こうえき》でかかわりがあったんやな。麻はどこでもなんにでも必要とされるから、交易には困らんかったやろ。まったくべつの領域に暮らすひとや文化がつながるんは、交易のおかげや。海から陸、陸から山へ――」

放っておくとまだまだその方面の話がつづきそうだったので、澪は口を挟《はさ》んだ。

「じゃあ、蠱師のひとたちって、納税とかしてるんですか」

八尋はつまずいて転びそうになった。

「しとるわ！　ひと聞きの悪いこと言わんといてや。一種の宗教家なんやから。宗教法人を作るやつもおるけど。ちゅうか、ひとがロマンある話をしとるときに現実的な話せんといてくれる」

「でも、現実的な話のほうが後学のためになるかと」

「君はしっかりしとるな」

「まあ後学のためと言っても、二十歳まで生きられるかどうかもわかりませんけど」

沈黙がおりた。

「いまの冗談《じょうだん》です」

「わ……笑える冗談にしてや」

八尋の顔がひきつっている。

「わたしが二十歳まで生きられないって、知ってるんですね」

「そら、まあ……」八尋は返答に困ったように頭をかく。

「玉青さんたちも、知ってるんですか？」

「知っとるやろ、親戚なんやから」

「じゃあ、凪《なぎ》高良は？　彼のことは知ってるんですか」

「そりゃあ……千年蠱《せんねんこ》やし、商売敵《がたき》やし」

「商売敵？」

「その道ではそうとう有名な蠱師なんやで。政財界の著名人も頼ってるとかどうとか、儲《もう》けとるんやろな、うらやまし……いや、まあ、うん」

「だって、高校生でしょ」

「言うても中身は千年蠱やで。紀元前の代物《しろもの》やで。高校かて、在籍はしとるんかもしれんけど、どうせ通っとらんやろ」

「でも、制服着てたし……それじゃ、両親や家族は？」

「知らん。いまは八瀬《やせ》の山中にある屋敷に住んどるらしいってだけは聞いたけど」

「やせ？」

前に澪が寝かされていたあの屋敷だろうか。

「京都の北東のほう、高野川《たかのがわ》をずっと遡《さかのぼ》っていった、山間《やまあい》のとこ。一乗寺よりさらに北東のほうな。詳《くわ》しい場所までは知らんけど」

「え……」

京都のはずれということか。そんなに遠く。澪はあのとき、四条《しじょう》大橋の近くにいたのに。わけがわからない。

「なあ、ほんで、澪ちゃん」八尋が足をとめ、周囲を見まわした。「落合さん宅はどこなん?」

「あっ」いつのまにか、哲学の道の端まで来ている。行き過ぎた。

「ごめんなさい、もうすこし戻って」

「はいはい」

急いで引き返し、横道に入る。古い家も残る住宅地のなかで、きれいな白壁の落合家は目につく。すぐにたどり着いた。

「麻生田さんは、わたしの叔父《おじ》ってことにしましょう」

門の前でそう告げて、澪はインターホンを押した。

「何度もすみません」

出てきた彩香に澪は頭をさげる。彩香は昨日ほど迷惑そうな顔をしていなかった。

「べつにええんやけど、昨日はあたしも悪かったたし。……やっぱり、あの鏡のことで？」

「わたしの家、神社なんです。それで、鏡が気になって。叔父がよくないって言うものですから」

　ね、と八尋のほうを向く。八尋は若干《じゃっかん》戸惑い気味ながら、話を合わせた。

「鏡ていうのは、いいもんにしろ悪いもんにしろ、寄りつきやすいもんやから」

「寄りつきやすい……」彩香はつぶやき、視線を落とした。澪はちらりと八尋を見あげる。無言のうちに、この家はどうかと訊いたつもりだ。八尋は、わずかに眉をよせて首をふった。よくない、という意味なのだろう。今日も玄関から奥には邪霊が満ち満ちている。

「神社ってことは、供養《くよう》もしてくれはるんやろか。鏡を引き取って」

　彩香は暗い面持《おもも》ちで言った。答えたのは八尋だ。「ええ、まあ、ことと次第によっては」

「――どうぞ」

　彩香は家のなかを示した。「あがってください」

窓の大きなリビングは明るく、掃除《そうじ》が行き届いていそうなのに、妙に埃っぽく感じるのは黒い陽炎のせいだろうか。ここにも天井《てんじょう》近くに一面、漂っている。

彩香がコーヒーを淹《い》れてくるあいだ、八尋は「家が神社で、ていうのはええ言い訳やな」とささやいた。

「蠱師です、なんて言うたら門前払いやろうけど、神社で供養する言うたら受け入れやすいんやから、不思議なもんやな」

「たしかに」

「今度から僕もそれ使おかな」

「麻生田さんのおうち、神社なんですか」

「ちゃうよ」

「嘘はよくないですよ」

「うん……ん……?」

八尋が首をひねっているうちに彩香が戻ってくる。コーヒーのいい香りも、邪霊の焦げくささでかき消されていた。

「最初にはっきり言うておきますけど」と前置きして、彩香はあらたまった調子で語りだした。

「あたしが夫とつきあいだしたのは、友加里が亡くなってからです。それまでは、友加里のだんなさんとしか見てなかったし、それほど接触があったわけでもありません。親友のだんなさんと不倫やなんて、するわけないのに。それも、病気で入院中の……」

彩香は悔《くや》しげにこぶしをにぎりしめた。

「でも、まわりはそうは見てくれませんでした。あのひとと結婚してから、職場で不倫の末の略奪婚やなんて噂が立って……。居づらくなって辞《や》めました。いまは求職中です。不倫するような人間やと思われて、誰も信じてくれへんやなんて、あたし、そんなに人望なかったんやって、そっちのほうがショックでしたけど。新卒で入ってからずっと働いてたとこやったんですけどね」

自嘲《じちょう》気味に笑う。

「そんなもんですよ」と八尋がうなずいた。彼もなにかしらそんな経験があるのかもしれない。澪では出てこない台詞《せりふ》だ。

彩香はすこし表情をゆるめた。

「友加里とは、大学からの親友やったんです。入学式のときにあの子、場所がわからんようになって、たまたまあたしに声をかけてきて。話してみたら、おんなじ学部のおんなじ専攻で、すごい偶然やね、って意気投合して……。ちょっと抜けてるていうか、頼りないとこのある子やったから、なんとなくあたしがいつも引っ張ってく感じで。いい子すぎるくらいいい子で、……そういう子ほど、早死にするていうけど、なあ」

しばし口をつぐみ、彩香は視線を落とした。はあ、とひとつ息を吐《は》くと、ポケットから例の鏡をとりだした。それをテーブルの上に置く。

「これが悪いもんやとは、思えへんのですけど……。友加里がずっと持ってた鏡です。たぶん、友加里が好きだったコスメのメーカーの限定品やと思いますけど」

鏡にはやはり、長い黒髪がべったりと巻きついていた。

「おお……これはまた……」

八尋が顔をひきつらせる。「立派な呪詛ですね」

あまりにきっぱり言うので、彩香も澪も「えっ」と声をあげた。

「じゅ……呪詛？」彩香は戸惑っている。

「あなたは呪われている、ということです。よく眠れてへんのでしょう？　悪い夢でも見ますか。黒髪で首を絞《し》められるような」

彩香はぎょっとしている。「なんで、わかるんですか。夢の中身まで」

鏡を見れば、なんとなく想像がつく。彩香は額を押さえた。

「髪が……黒くて長い髪が見えるんです。洗面所で顔を洗ってて、ぱっと視線をあげたときとか、鏡越しに。床《ゆか》に落ちてるときもあります。一本、二本と違うんです。ごそっと、束《たば》で。でも、つぎの瞬間には消えてて。ソファでうたたねしてたら、顔になんかあたって、目を開けたら髪が……」

彩香は落ち着かない様子で、両腕をさすったり、頬をこすったりする。

「夢にまで見るようになって、眠るのが怖いんです。朝方までスマホで動画見て、夫が仕事で家を出て行ってから、ちょっと眠るんです。夫はあたしの体調を心配してくれてるけど、こんなん、とても言えへん。——友加里は、きれいな黒のロングヘアやったんです。それが、入院中に薬の副作用で抜けてしもて……。もし、もしあの子があのひとと結婚したあたしを恨《うら》んでるんやったら、もしそうなら、あたしと夫は、……きっと、いままでどおりには過ごせません」

彩香は両手で顔を覆《おお》った。「それが怖くて、黒髪より怖くて、見て見ぬふりをしてたんです」

——でも、限界になったのだろう。

だから澪と八尋を招き入れたのだ。

戻す。

八尋は触りたくなさそうにしながらも、鏡を手にとった。が、すぐにテーブルに
「失礼」

「これとちゃいますね」

あっさり、八尋はそう言った。

「え？　違うって、なにが」

彩香の問いにかぶせるように、八尋は小さく「松風《まつかぜ》」とささやいた。隣にいる澪にしか聞こえなかっただろう。

するりと、テーブルの上に白い狐《きつね》が現れた。細い身体《からだ》に長く引く尾。白銀の毛並みが美しい。

——麻生田さんの職神《しきがみ》か。

狐は鏡のにおいをふんふんと嗅《か》いでいたが、くるりと鼻先を窓のほうに向け、跳《と》びあがった。そのまま窓をすり抜け、庭に出て行ってしまう。八尋はそれを目で追い、立ちあがった。

「庭ですね」

「え？　庭？」

困惑《こんわく》するばかりの彩香にかまわず、八尋は窓に向かう。勝手に鍵を開けて、テラスに置いてあったサンダルをつっかけて、外に出た。

澪も窓際に近寄る。庭はさほど広くはなく、手入れもされていないのか、オリーブやミモザの木が野放図《のほうず》に生い茂っている。そのせいか薄暗い印象だった。

「友加里はガーデニングが趣味で、いろいろ育ててたんやけど、いまはほったらかしで……。あたしは植物を育てるんが苦手《にがて》なもんやから」

彩香が言い訳するように言った。澪はなかば聞いていない。庭木のなかに、黒い陽炎が凝《こご》っている木があった。

狐がその木の下で、しきりに吠えている。八尋はつま先立ちになって、幹《みき》に手を伸ばした。うろがある。そこに手を入れて、なにかとりだした。黒い陽炎はそれにまとわりついている。澪のうしろで彩香が「ひっ」としゃっくりのような声をあげた。

戻ってきた八尋の手にあったのは、一体の着せ替え人形だった。水色のワンピースを着た、栗色《くりいろ》の髪の人形だ。かわいらしい人形だったのだろうが、顔の造作《ぞうさく》はわからない。顔から足まで、びっしりとまち針が突き刺されているからだ。

「その人形、友加里に頼まれてあたしが買《こ》うてきたやつや」

震《ふる》える声で彩香が言った。顔は蒼白《そうはく》になっている。

「入院してるあいだ、退屈やから人形の服を作りたい、言うて。その布地も……いらん服あったらちょうだいって言われたから、あたしの服を……」

それ以上は言葉にならず、彩香はその場にうずくまる。

「友加里さんは、この家に帰ってくることもあったんですか?」

八尋が尋ねる。彩香は震えながらうなずいた。

「何度か、入退院をくり返してて……」

あの木に人形を隠す機会もあったということである。

八尋は人形をくるりと裏返して、服をめくりあげた。油性ペンで名前が書かれている。『落合彩香』。

「旧姓じゃない……?」澪はつぶやく。これが友加里のやったことなら、書かれている彩香の名前は旧姓でないとおかしいのではないか、と思ったのだ。

「結婚したら作用する呪詛てことやな」

八尋は淡々《たんたん》と言う。

「それじゃ」と彩香はうめいた。

「友加里も、あたしを疑ってたってこと?」

声がひび割れている。見開いたまぶたが震えていた。

「家の掃除をしてほしいとか、私物を持ってきてほしいとか、あたしに頼んできたのは友加里のほうやったのに。あたしからこの家に乗りこんだわけでもないし、変な下心もなかったのに……！」

彩香は床に突っ伏して、頭を抱《かか》える。すすり泣く声が響《ひび》いた。あんまりや、とうなるようにくり返す。

「友加里が頼ってきたんやないの、いつも、いつも……それやのに……」

恨みを吐きだすような彩香の声音に、部屋に充満した邪霊がうごめき、膨張《ぼうちょう》する。このままでは、友加里の呪詛と彩香の恨みが絡み合い、混じり合い、際限なく邪霊を集めて膨《ふく》れあがってゆくだろう。焦げくささが強くなり、澪は思わず鼻を手で覆った。気持ちが悪い。すこしでも気を緩《ゆる》めると、倒れてしまいそうだった。

「病人は疑心暗鬼にかられるもんですよ。あんまり思い詰めんほうがいいです」

八尋が軽い口調で、彩香の泣き声にかぶせた。

「こんなん、素人《しろうと》が作ったところで呪われた相手が死んだりはしませんから。まあ、いくらか悪いもんを引き寄せはしても。友加里さんは、行き場のない疑心暗鬼を、こうすることで昇華《しょうか》してたんでしょう」

彩香が顔をあげる。涙で目もとが真っ赤になっていた。

「自分が死ぬとなったら、好きな相手でも生きとるってだけで憎《にく》くなるかもしれへんし、そんなことあるはずないと思とってても疑うかもしれへん。なにが本心かなんて、本人にもわからへんもんです。あなたは、あなたの知っとる友加里さんを大事にしてあげてください」

八尋は彩香に笑いかけ、人形を左右にふった。「これは神社で供養しときますよ。そしたら悪いもんも消えるし、その鏡も持っとって大丈夫です」

彩香の表情から苦悶《くもん》の色が消えた。はち切れそうに膨れあがっていた邪霊が、ゆるやかに鎮《しず》まってゆく。焦げくささも薄らいだ。

蠱師というのはカウンセラーでもあるのだろうか、と澪は思った。八尋の言葉には、重荷をとるような、親身なぬくもりがある。

「それでも、もしなんかあったら――」

と、八尋はジャケットの胸ポケットから名刺をとりだし、彩香にさしだした。

「ここに連絡してください。お祓いしますんで」

――営業じゃないか。

澪は力が抜けたが、彩香はありがたそうにその名刺を受けとっていた。

人形を手に、落合家を出る。彩香は感謝しきって八尋と澪を見送ってくれた。しばらく歩いて落合家が見えなくなったころ、澪はちらりと八尋を見あげた。

「営業トークがお上手《じょうず》なんですね」

「宗教家は口がうまないとつとまらへんのや。地道な営業も大事やで」

――まあ、なんにせよ彼女は助かったのだ。

澪は八尋が手にしている人形を見やる。

「それ、どうするんですか？」

「燃やすのがいちばんやろな。それにしてもまあ、ようできとる服やな」

八尋は人形が着ているワンピースの作りをしげしげと眺めている。たしかにポケットや襟《えり》など、ほんとうに細かいところまでよくできている。澪は、友加里がこれをどんな思いでひと針ひと針縫《ぬ》ったのだろうと思うと、ぞっとした。薄暗い病室でひとり、針をとる女性を想像して――。

「人形に針て、またべたな呪詛やけど。藁《わら》人形に五寸釘《ごすんくぎ》やないだけ、今風なんかな」

「今風……」

「これくらいかわいいもんや。おままごとみたいな呪詛やで。前妻と後妻の争いなんて、昔からお決まりみたいなもんやしな」と八尋は笑う。

「後妻《うわなり》打《う》ちて言うてな、乱暴な風習やけど。前妻が後妻の家を打ち壊《こわ》しに押しかけるんやで。怖いけど、呪詛より即物的でええんかな」

よくはないだろう。

「あかんと思う？　でも、鬼みたいになるんと、ほんまに鬼になってしまうんとでは、全然ちゃうやろ。その一線を越えてしまうか、どうかは……。能の『鉄輪《かなわ》』て知っとる？　前妻が貴船《きぶね》神社に毎晩、丑《うし》の刻《こく》参りして、夫と後妻を呪い殺そうとする。ほんで赤い衣《ころも》を着て、顔を真っ赤に塗《ぬ》って、頭に火をともした鉄輪をのせて、鬼に変わるんや。鉄輪て、五徳《ごとく》のことな。あ、五徳はわかる？　火鉢《ひばち》に使うやつ」

「ああ……」麻績家の納戸《なんど》で見たことがある気がする。しかし、赤い服に赤い顔、頭には火をともした五徳、すさまじい姿である。赤い姿は鬼の肌《はだ》で、五徳は角《つの》なのだろう。鬼を模《も》すことで、鬼に変身するということか。

「それでもな、鬼になろうとしても、なりきれへんもんや。『鉄輪』の前妻は結局、夫をとり殺せてへんのやから」

八尋は人形を見つめ、つぶやいた。

「でもまあ、おままごとみたいなもんでも、呪詛なんてするもんやない。それも素人が」

八尋はため息をついた。

「澪ちゃん、走るん得意？」

ふいに問われ、澪は戸惑う。

「え、はあ、短距離なら」

「ごめんな。ちょっと走らなあかんかも」

澪は人形に目をとめ、はっとする。長い髪が巻きつき、それはうしろにつづいている。ふり向こうとして、「あかん」と八尋にとめられた。

「落合さん家におったやつ、ぜんぶ引き連れてきてしもたかな……」

一瞬だけ、ちらりと見えた。背後から、黒い陽炎がついてきている。それも、とても大きなかたまりの……。背中がぞわぞわした。

「はい、走って！」

八尋の合図で、ふたりともに走りだす。体格からして当然ながら八尋のほうが速いはずなのだが、彼はうしろを確認しつつ、澪をさきに走らせる。澪は前を向いたまま、とにかく走った。八尋が「右に曲がって」など指示を出してくる。

「し……職神は、使わないんですか……！」

走りながらしゃべると息が切れる。短距離ならまあ走れるが、きっとこれは持久走だ。

「あんな、職神にも得手不得手《えてふえて》があんねん。僕の松風は、探索《たんさく》は得意やけど、攻撃には特化してへんねん。たいていのもんやったらいけるけど、ああいうのは不得意」

「ああいう……？」

「集合体。寄せ集め。芯《しん》がないから、叩《たた》いても散らすだけや。——でもまあ、とりあえず散らそか」

松風、と八尋は呼ぶ。白い狐がうしろへすばやく飛んでいった。邪霊に正面からぶつかる。ぱっ、と黒い陽炎がはじけて消えたように見えた。

「散っただけやから、そのうちまた寄ってくる。これに」

八尋は人形をかかげる。いや、と澪は思った。

「わたしがいるせいもあるのかも……」

澪は邪霊を寄せつけてしまう。

「ん？　ああ、そうか。君の体質か」うーん、と八尋はうなる。「それやったらなおさら、どうにかせんと」

あっちまで走って、と八尋は前方を指さす。住宅街の路地が途切れたところ、石段のさきに生い茂る緑が見える。まだ土地鑑《とちかん》のない澪は、そこまでたどり着いてわかった。哲学の道だ。石畳《いしだたみ》の敷かれた細道で立ちどまり、肩で息をする。川のせせらぎは心地いいが、走ったせいで汗が噴《ふ》きでていた。八尋も隣で息を切らしている。足もとに松風がいた。

「寄ってくるんを片っ端から祓ってく作戦や。弱いやつやったら、川に落ちてそのまま流れてく。水ていうのは、穢《けが》れを祓ってくれるもんやから」

八尋は足もとの松風を一瞥《いちべつ》してから、澪を見た。

「君も職神がおるんやったっけ？」

「邪霊を追い払うくらいしかできませんけど……、白くて小さい、狼です」

「そうか、麻績さんとこは狼やったな。どうしよ、麻生田の白専女《しろとうめ》とは相性《あいしょう》が悪い」

「しろとうめ？」

「白狐のことや。僕の田舎《いなか》は昔から白狐を祀《まつ》っとるとこでな。麻生田はその霊を職神にしとる。狼は狐の天敵なもんやから、職神になっても相性がようない」

「じゃあ、呼ばないほうがいいんですね」

「そう――」言いかけ、八尋はさっと空を仰《あお》いだ。翳《かげ》がさし、にわかにあたりが暗くなった。

大きな黒鳥が翼《つばさ》を広げている。そう見えた。

――違う。

黒い陽炎が、ふたりの頭上を覆っているのだ。それは波打つようにうねり、姿を変える。広がっていた邪霊は収束し、細く、長く伸びてゆく。ぼとりと黒いものが澪の足もとに落ちた。黒い縄《なわ》のようなもの。それはのたうち、澪の足首に巻きついた。

蛇《へび》だ。いや——それがなにかわかったとき、澪は全身に鳥肌《とりはだ》が立った。

長い黒髪の束だ。

「松風！」

八尋の声に反応して、松風がすばやく澪の足首に巻きついた黒髪に飛びつき、口にくわえて引きちぎる。黒髪は煙となって消えた。

ぼとり、ぼとりと、のたうつ黒髪はつぎからつぎへとふたりの上に落ちてくる。松風ではとても追いつかない。落ちてくる黒髪を振り払おうとしても、手は空振《からぶ》りした。澪の頭に落ちてきた黒髪が目を覆い、視界が遮《さえぎ》られる。黒髪は口も塞《ふさ》ごうと顔の上を這《は》いまわり、頭を締めつけた。ざらりとした髪の感触が舌にあたる。なにも見えない。真っ暗な視界のなか、髪の粟立《あわだ》つような感触だけが肌を這う。手にも髪が巻きついていた。うごめき、這いまわる髪は、乾《かわ》いて軋《きし》んだ音がする。焦げくささが鼻をつく。

髪に口も鼻も覆われ、息が苦しい。髪を引き剝《は》がそうといくら顔をひっかいてもとれない。息苦しさは増してゆく。耳鳴りがする。澪は膝《ひざ》をついてもがき、地面をかきむしった。頭のなかが白《しら》む。意識が遠のき、白い光が頭いっぱいに満ちてゆくようだった。

「――雪丸」

声は出なかったと思う。だが、無意識のうちに澪は雪丸を呼んだ。その瞬間、息苦しさはかき消えた。

視界が開ける。澪の体を覆っていた黒髪は跡形もなく消えていた。澪の目の前、宙《ちゅう》に雪丸が浮いている。雪丸はくるりと一回転して、いつかのような鈴に姿を変えた。

鈴の音《ね》が鳴り響く。軽《かろ》やかな、澄んだ音色《ねいろ》だ。あたりに閃光《せんこう》が走り、視界は白く覆われる。

まばゆさに澪は目を閉じる。まぶたを閉じても、白い光が満ちているのがわかる。光はすこしずつ、薄らいでいった。焦げたにおいは、もうしない。清々しい気配《けはい》に満ちている。澪は、ゆっくりと目を開けた。まばたきをくり返す。目が慣れて見渡せば、周囲に黒髪はひと筋も残っていなかった。川のせせらぎがやけに大きく聞こえる。呆然《ぼうぜん》としていると、「澪ちゃん、大丈夫か」と八尋に声をかけられた。八尋はすぐそばに膝をつき、澪の顔をのぞきこんでいる。

「あ……大丈夫です」澪は顔を撫《な》でる。髪は貼りついていない。口のなかに髪の感触もない。ほっとした。

「消えたんですか、さっきの」

まわりを見まわして確認する。やはり黒髪はどこにもない。

「消えたんですか、って、君がやったんやないか」

「え?」

「君が祓ったたんや」

八尋は、澪をはじめて見る相手であるかのような目で見ている。すこしばかり、怯《ひる》んでいるようにも見えた。

「君の、あれ……狼は、職神とはちょっと違うで。もっと上の、あれは神使いやろう」

「神使い?」

「君は蠱師とは違うんやな。そうか、そういうことか」

「どういうことですか」

勝手に納得している様子の八尋に、澪は困惑する。

「君の狼は神さまの使いや。ほんで、さっきは神力が邪霊を祓ってくれた。君が呼んだんや」

——わたしが呼んだ？　なにを……。

つまり、と八尋はつづけた。

「君は神を降《お》ろす巫女《みこ》や」

「……え？」

澪は、ただ目をみはって八尋を凝視するしかなかった。


くれなゐ荘に戻ってから、邪霊に襲われたせいか、澪は熱を出して寝込んだ。玉青が心配して看病してくれて、翌朝には熱はさがった。夢を見ていた気がするし、ずいぶんうなされていた、と玉青は言った。どんな夢を見ていたか、覚えていない。

その週末、土曜日の昼下がり、長野から漣がやってきた。出かけようとしていた澪は、正直、困った。

「なんで来たの？」

と言うと、

「京都の大学を受験するから、どんなもんか見に来ただけだ」

とムスッとした様子で答えた。白のコットンシャツにグレーのパンツ姿で、着てきたものの暑かったのか、藍色《あいいろ》のカーディガンを小脇《こわき》に抱えている。

部屋の前を通りかかった八尋が、

「お兄ちゃんが来たんやって？　離れて暮らす妹が心配でたまらんのやなあ。ええお兄ちゃんやん」

と笑って去っていった。漣は顔をしかめて、八尋が歩いていったほうをにらんでいた。

「八尋さん、来てるのか」

「あれ、知ってるの？」

「前に会ったことがある」

そういえば、八尋は麻績村に行ったことがあると言っていたから、そのときにでも会ったのだろうか。

旅行鞄から荷物をとりだし、「おまえ、どこに出かけるつもりだったんだ」と漣は訊いてきた。

「え、なんで出かけるって思うの」

「そんな格好《かっこう》してるだろ。部屋着じゃない」

長年、いっしょに暮らしただけあって、漣はなにが澪の部屋着でなにが外出着か、よくわかっている。澪は家ではだいたい、Tシャツかパーカーにジャージという出で立ちだった。いまは群青色のニットにジーンズを合わせている。

「どこ行く気だったんだ？」

　漣は重ねて問うてくる。

「どこって……」澪は畳《たたみ》の目を眺めながら、「べつに、その辺。お寺とかあるし、ちょっと観光でもしてみようかなって」と答える。

「ふうん」漣はじろりと澪を見やる。嘘だと見抜いている目だ。

「じゃあ、俺《おれ》も行く」

「えっ」

「俺はこの辺、不案内なんだぞ。案内しろよ」

「ええ……」

　――八瀬に行こうと思っていたのに。

　むろん、高良に会うためだ。会いに行って、尋ねたかったのだ。澪自身のことについて。彼はたぶん、いろいろと知っている。八瀬のどこかまではわからないので、さがさなくてはならないが。

　巫女とはどういう意味だ、と八尋に訊いても、『巫女は巫女や』と言うばかりで、澪がどうして巫女なのか、詳細はわからなかった。澪と高良の関係についても、ほんとうに知らないのか、はぐらかしているのか、八尋は首をかしげただけだった。

教えてもらえないのなら、自分で突きとめるしかない。京都にやってきたように。

「ほら、行くぞ」

漣は澪をうながす。漣に『高良に会いに行く』などと言ったら、『馬鹿か』と叱《しか》られるだろう。

しかたなく、澪は漣といっしょに出かけることにした。

一乗寺は、その名のとおり、一乗寺というお寺があったからそう呼んだのだと、八尋から聞いた。このあたりの地域は、平安時代には貴族の山荘が、江戸時代には文人墨客《ぶんじんぼっかく》の草庵《そうあん》が多くあったという。京の近郊であり、東には比叡山《ひえいざん》をはじめとした東山《ひがしやま》の山並み、西には高野川という風光明媚《めいび》で静かな地は、貴族の行楽にも、隠者《いんじゃ》が隠れ住むにもちょうどよかったのだろう。

くれなゐ荘を出ると、澪は路地をさきに進んだ。すぐ近くにある詩仙堂《しせんどう》に向かうつもりだった。詩仙堂は、『文人墨客の草庵』のひとつであり、いまはお寺になっている。

「伯父《おじ》さんと伯母さんは、元気？」

「元気だよ。母さんはおまえにあれ送る、これ送るってうるさい。今日も欲しいものの訊いてこいって言われてんだ」

「ああ……」澪は苦笑した。「とくに欲しいものはないけど」

「だろうな。野沢菜漬けは今日持ってきた。玉青さんに渡してある」

「ありがとう。伯母さんにもお礼言っといて」

「おまえが直接言えばいいだろ。電話くらいしてやれよ」

澪はうしろをふり返る。漣はそっぽを向いていた。

「伯母さんがわたしのことばっかり気にかけるもんだから、妬《や》いてるの？」

「……あのな……、母さんは昔っから、おまえのことばっかだよ」

澪は驚く。そんなふうに思っていたのか。澪からしたら、ちっともそうではなかったのに。近づきかたがわからなくて、いつも遠くから声を投げているような間《あいだ》柄《がら》だった。

「漣兄《にい》まで京都に住むようになったら、さみしがるんじゃない？　京都の大学受けるなんて、前はそんなこと言ってなかったじゃない」

「気が変わったんだよ」

「伯父さんはなんて?」

「好きにしろって」

「ふうん」

──わたしが京都に行くのは反対したのに……。

茶店《ちゃみせ》の前を過ぎ、坂道をのぼり、木々にすっぽりと包まれた詩仙堂に至る。侘《わ》びた風情《ふぜい》の茅葺《かやぶ》きの門は、いかにも隠者の草庵といった佇《たたず》まいだ。残暑も落ち着いたせいか、敷地内の緑はどこか色褪《いろあ》せて見えた。玄関は薄暗く、一歩なかに入るとひんやりとしている。貼り紙にある順路の矢印どおりに進むと、障子《しょうじ》も襖《ふすま》も取り払われた座敷の奥に、枯山水《かれさんすい》の端然《たんぜん》とした庭が見えた。白砂《しらすな》と緑の対比が美しい。奥にある木々は、晩秋になれば見事な紅葉《もみじ》になるのだろう。座敷の長押《なげし》の上に、詩仙堂の名の由来である、詩仙の肖像画がずらりと掲《かか》げられていた。狩野探幽《かのうたんゆう》の絵だそうだ。

夏休みも終わり、紅葉にはまだまだ遠いシーズンオフだからか、ひとり、ふたり観光客の姿があるばかりで、とても静かだ。なんとなく口を開きづらく、澪は黙っていた。漣も無言だ。縁側にふたり並んで座って、庭のこんもりと刈られたサツキをただ眺めていた。

「……父さん、落ちこんでるぞ」

ふいに、ぽつりと漣が言った。

「おまえが京都に単身引っ越すなんて、夢にも思ってなかったんだろ。京都の大学を受けるっていうのを反対しないのも、俺がそばにいればいくらか安心だと思ってるからだよ。反対どころか、むしろそれを望んでる」

澪は漣の横顔を眺める。漣は庭をまっすぐ見つめている。その瞳《ひとみ》に映る木々の緑が、複雑な色彩を持って揺らいでいるように見えた。

「あのまま麻績村にいても死ぬのを待つだけなのに、それよりも京都にいるほうがいやなの？」

「自分の知らないとこで死なれるのがいやなんだろ」

澪は目をしばたたき、視線を庭に向けた。

「死なないよ。そのために来たんだから」

漣はちらりと澪を見た。

「京都に来て、なにかわかったことはあったのか？」

「わかったというか……わからないことが増えたというか……」

「なんだよ？」

「麻生田さんが、わたしは巫女だって言うんだけど。どういうことかわかる？」

「巫女？　おまえが？　神社の娘だからか」

「違う。雪丸は職神じゃなくて神使いだって、わたしは神さまを降ろすんだって
……」

「神さま──天白神《てんぱくしん》を？」

「知らない」

漣は考えこむ。澪は膝をかかえた。

「天白神は」しばらくして漣が口を開いた。「信仰が伝播《でんぱ》するうちに各地の信仰とミックスされて、複合的な神になった。各地で性格が違う」

「……？　へえ」

「麻績家の言い伝えでは、漢《かん》の時代に蠱師とともに伝わった神で、渡来した海辺から内陸へ、山奥へと移動していったんだ。交易とともに」

「交易」

「麻績村は古い街道沿いにある。弥生《やよい》時代からの交易の道だ。だから麻績村にも天白神がいる。天白神は蠱師の神さまだが、それだけ強大な力を持つ神さまだったからだ。──雪丸が前に、鈴に変化したときがあったたな」

「え？　ああ、うん」急に話題が変わって、まごつく。

「白い光が現れただろう。あたり一面、真っ白にするような」

「うん」

「おそらく、あれが天白神の顕現《けんげん》なんだ」

「どういう……？」

漣は上を指さした。

「日神《ひのかみ》なんだよ、天白神ってのは」

——日神。太陽神？

雪丸が放った、強烈な白光《びゃっこう》。あれは、日の光なのか。

「その神の力を引き出せるのは、巫女しかいない。だから巫女だと、そういう理屈だろう」

「……でも、どうして……」

いままで、そんなことはできなかったのに。

「やっぱり、京都なのか」

漣がつぶやく。

「京都がおまえに、なんらかの影響を与えてるのか。それとも」

そのさきを漣は言わなかったが、澪の頭には、凪高良の顔が浮かんでいた。

日曜の夜に漣は長野に帰っていった。明けて月曜日の朝、澪が登校すると、茉奈に「聞いたで、彩香さんから」と言われた。

「なにを？」

「お祓いしてあげたんやってな。彩香さん、ひさしぶりによう眠れたって、喜んではったで」

「お祓いというか、まあ……わたしは叔父に頼んだだけだから」

「ほんでも――」

茉奈が言葉をとめて、ふり返った。ひとりの女生徒が小走りに近づいてきたからだ。

「あの、麻績さん？」

髪をふたつに結《ゆ》った、おとなしそうな少女だった。どこかで見たような、と澪は記憶をさぐる。

「こないだ、階段で落ちそうになったんを、助けてもろて……」

「ああ」

思い出した。邪霊が彼女の足もとにまとわりついていたので、雪丸で散らしたのだ。

「お礼を言いそびれたから、さがしてて」

「そんなの、よかったのに」

彼女が階段から落ちそうになったのは、澪が不用意に邪霊を散らしたせいだ。礼を言われる道理はないのだった。

「ううん」少女は首をふった。「わたし、今度ピアノの発表会があるんよ。落ちて怪我してたら、えらいことやった。ほんまにありがとう」

まっすぐに感謝の目を向けられて、澪はうろたえた。こういうとき、どう答えたら正しいのかわからない。

「あ……うん……そう」

挙動不審《きょどうふしん》に視線をさまよわせる澪に、少女はにこっと笑って去っていった。さわやかな笑顔だった。ああいう子になれたらいいのに、と澪は思った。

目を戻すと、茉奈がにやにやと笑っていた。

「麻績さんは、クールなんやと思てたけど、シャイやねんな」

「シャイ……？」

「さっき言いかけたことやけどな、麻績さんが叔父さんに頼んだだけにしても、まずそうやって麻績さんが気にかけてくれはったから、彩香さんは助かったんやで」

澪はすこし首をかしげる。茉奈の瞳はやさしく、明るい。

「それって、大事やと思うわ」

「……はあ……」

「感謝の気持ちくらい、なんぼでも受けとっといたらええねん。それで誰も損はせんよ」

澪は茉奈の顔をまじまじと眺めた。

「……うん。そうする」

茉奈はにこにこと笑っている。澪は、隣の席が茉奈でよかったな、と思った。

呪われよと恋は言う

――高良《たから》に会うには、どうしたらいいだろう。

このところ、澪《みお》はそれをずっと考えている。

八瀬《やせ》には行ってみた。八瀬は高野川《たかのがわ》の上流沿い、山間《やまあい》にあって、東を比叡山《ひえいざん》、西を瓢簞崩山《ひょうたんくずれやま》という変わった名前の山に挟《はさ》まれている。喧噪《けんそう》とはほど遠い静かなところなので、中世の末ごろから都《みやこ》びとの保養地だったそうだ。比叡山への登山口でもあるので、ここの住人は、延暦寺《えんりゃくじ》へ向かうひとびとに付き従い、八瀬童子《どうじ》と呼ばれたという。かと思えば大正時代には遊園地ができたというから、澪は、歴史の地層の面白《おもしろ》さを感じる。かつて遊園地の最寄《もよ》り駅であった駅は現在、八瀬比叡山口駅という名前になっており、澪はその駅で降りた。そのあたりはまだ人里のなかという雰囲気だったので、さらにバスに乗り、八瀬の奥のほうへと向かった。

高良は八瀬の山中に屋敷を構えていると聞いたから、山に登らねばなるまい。登山口バス停で降りて、山道を登った。木を伐《き》って地面をいくらかならしただけ、という感じの石や木の根がごろごろした道を歩き、ふり返って眺《なが》めれば、見晴らしがよかった。が、屋敷のある様子はなく、高良が姿を見せることもなかった。澪は慣れぬ山登りにぐったりと疲れただけだった。

――それならば。

と、澪は一計《いっけい》を案じた。

くれなゐ荘の近く、詩仙堂《しせんどう》の前の坂道をずっと進んでゆくと、木々の生《お》い茂る薄暗い道に至る。民家もまばらになり、さらに進めば、石灯籠《いしどうろう》が現れる。そのさきには、狸谷山不動院《たぬきだにさんふどういん》がある。木食正禅《もくじきしょうぜん》が開山した寺で、江戸時代、ここの石不動が霊験《れいげん》あらたかだと、参詣人《さんけいにん》でずいぶんにぎわったらしい。いまは市街地から離れているせいか、ここまでやってくる観光客はすくなく、閑散《かんさん》としている。

不動院は、まず広々とした駐車場と自動車の祈禱殿《きとうでん》があるが、本堂のある奥に向かえば、道は岩肌《いわはだ》に囲まれてぐっと細くなる。鬱蒼《うっそう》とした緑が陽《ひ》を遮《さえぎ》り、影を落としている。この道の、樹木のあいだ、葉の重なり、岩の隙間《すきま》、そうした影がいっそう濃くなっているところが、澪は怖《こわ》い。一度、このあたりまで散策して、そこここの影に邪霊《じゃれい》の気配《けはい》を感じた澪は、あわてて引き返したのだった。山には山の邪霊がいる。それは邪霊とは、ちょっと違うものなのかもしれない。が、怖いことに変わりはない。

一度引き返してから来ていなかったここに、ほぼひと気《け》のない午前中、澪はふたたび足を運んだ。やはり影の濃さが怖い。そこから、霧《きり》がしみだすようにして、黒い陽炎《かげろう》が立ちのぼった。

――来た。

澪は回れ右して逃げだしたくなるのをこらえる。陽炎は岩肌を滑《すべ》り落ちるようにして、道にいる澪のもとへと近づいてくる。それは下草《したくさ》のあいだから顔を出し、しだいにその姿を変えていった。二の腕、頭、胴体。黒い陽炎は伸びたり縮《ちぢ》んだりして、ひとの上半身のような形を作ってゆく。澪はじりじりとあとずさった。陽炎の手が澪のほうに伸ばされる。逃げようとしてきびすを返した澪は、途端《とたん》に足をとめた。いつのまにか、うしろにも黒い陽炎が広がっていた。

前後を見比べ、澪は上半身しかない陽炎のほうへと駆けだす。それはさらに奥へと進む道だったが、そちらには不動院の鳥居《とりい》がある。その内側に飛びこんでしまえば、澪は安全だ。

が、そううまくはいかない。伸びてきた黒い手に足首をつかまれ、澪はつんのめった。とっさに手をつき、倒れこむ。陽炎がぐうっと伸びあがり、澪の顔をのぞきこんだ。陽炎は黒いままで、顔も表情もない。それなのに、見られている、という感覚があった。

――だめだ。

恐怖が限界に達し、澪は口を開いた。

「ゆ……雪丸《ゆきまる》！」

目の前に、小さな白い狼《おおかみ》が姿を現した。雪丸が、アォン！　と力強くひと声吠《ほ》えるなり、黒い陽炎は潮《しお》が引くように澪から離れる。追い立てるように雪丸が地面を蹴《け》ると、ちりぢりになって四方に散っていった。雪丸は小さな体ながら胸を張り、四肢《しし》を踏ん張っている。尾はピンと天を向いていた。

「雪丸」と澪は呼ぶが、雪丸はちらと鼻先を向けただけで、フンと言わんばかりに顔を背《そむ》け、姿を消した。がっかりする。雪丸は、澪にすこしもなつかない。いや、なつくものではないのかもしれないが。撫《な》でるくらいさせてくれたっていいのに、と思う。

──いや、いまはそういうことじゃなく……。

澪は周囲を見まわし、立ちあがる。あたりは静かで、鳥の声と葉擦《はず》れの音しかしない。

「来ないか……」

ため息をついた。

高良はいつも、どうしてだかわからないが、澪が邪霊に襲《おそ》われると助けに現れる。だから意図的に邪霊と遭遇《そうぐう》してみたのだが、高良が現れる気配もなく、耐えきれずに雪丸を呼んでしまった。雪丸もいい迷惑だろう。だからあんな態度なのか。どうしたら高良に会えるのだろう。まるで恋い焦《こ》がれているみたいだな、と思う。

帰ろうとして、澪は足をとめる。

「ん?」

木陰《こかげ》にちらりと、なにかが動いた気がした。また邪霊か、と身構えたが、杉の木のうしろからのぞいた姿に澪は肩の力を抜いた。

小さな獣《けもの》がつぶらな黒い瞳《ひとみ》をこちらに向けていた。体つきはころんと丸く、黒の混じった焦げ茶色の毛並みに、四肢と目のまわりはとくに黒い。

狸《たぬき》だ。

麻績村《おみむら》でイタチは目にしたことがあったが、狸ははじめて見る。毛がもこもことして、丸っこい姿がかわいらしい。じっと見ていると、狸は突然ぱっと駆けだし、道の奥のほうへと逃げていった。鳥居のあるほうだ。つい追いかける。すこし開けた場所に出ると、苔《こけ》むした古い石の鳥居と石段が見える。その手前には『狸谷山不動院』と彫られた石碑《せきひ》と、狸の群れ——信楽焼《しがらきやき》の狸がずらりと並んでいた。その狸の置物のあいだに、ひょこ、とさっきの狸が顔を出す。かと思うとそこから飛びだし、石碑に脚《あし》をかけ、石段まで跳《と》んだ。狸ってあんなに跳ぶものなのか? と驚いていると、石段を駆けあがる途中で狸は消えた。

「あっ……」

ぽかんとしたが、そうか、と理解する。

――生きてる狸じゃなかったのか。

狸の幽霊《ゆうれい》なんてはじめて見たな、と思いながら、澪はくるりときびすを返した。ここまで来たなら不動院にお詣《まい》りに行けばいいようなものだが、本堂までの二百五十段の石段を登りきるには、それなりの覚悟がいるのである。

「またそんな傷こさえて！」

くれなゐ荘に帰るなり、玉青《たまお》は悲鳴をあげた。澪は手に擦《す》り傷《きず》を作り、服には土《つち》埃《ぼこり》と枯《か》れ葉がくっついている。杉の枯れ葉は細かく崩《くず》れてニットに絡《から》み、とりづらかった。

玉青に擦り傷の消毒をしてもらっていると、八尋《やひろ》が通りかかり、「うわ、また怪《け》我《が》しとる」と玉青とおなじようなことを言った。肩に職神《しきがみ》の白狐《しろぎつね》、松風《まつかぜ》をのせている。襟巻《えりま》きみたいだ。

「痛ないん？」八尋は澪のそばにしゃがむ。松風がぴくぴくと耳を動かした。

「ふつうです」

「ふつうて。痛いんか、痛ないんか。おじさん、若い子の言葉はわからんわ」

「……？　造語じゃないですよ」

「言語感覚には世代間ギャップがあるもんなんや」

「はあ……」

「邪霊に襲われたん？　雪丸はなにしとったんや」

「雪丸が助けてくれたので、これくらいですんだんですけど——」澪は松風を眺める。松風は八尋の肩の上でくつろいでいた。

「松風は、麻生田《おうだ》さんによくなついてますよね」

「そらまあ、職神やし」

「雪丸はわたしにまったくなつきません」

「神使いはそんなもんなんちゃう？」

「そうなんですか？」

「いや知らんけど」

醒《さ》めた目で八尋をにらむと、彼はアハハと笑った。松風が鼻先をあげたので、八尋はその額《ひたい》を指先でちょいちょいと撫でてやっていた。仲睦《なかむつ》まじくてうらやましい。

　玉青が消毒液を救急箱にしまいながら、「澪ちゃんは雪丸と仲良うしたいんか」と訊《き》いた。

「仲良くというか……毛がふわふわなので……」

　澪は両手で撫でる手振りをする。

「撫でてみたいだけです」

「欲求に忠実やな」と八尋が言った。

「まあわかるけど。雪丸は子犬みたいやし。でも狼やからな。嚙《か》まれたら痛いんちゃう？」

「嚙むんですか？」

「知らん」

「……」

　大人ってこんな適当でいいんだろうか、と澪はちょっと思った。

「そのうちなついてくれるんとちゃう？」と言ったのは玉青だ。「そんなもんやろ。犬かてそやし」

「狼もですか？」

「さあ」

ふたりともあてにならない。朝次郎《あさじろう》は、と見れば、庭で枯れ落ちた花がらを掃除《そうじ》していた。」枝の剪定《せんてい》などは職人に任せているそうだが、日々の手入れは朝次郎がやってている。

「……玉青さんと朝次郎さんは、蠱師《まじないし》じゃないんですよね？」

「あたしはな。あのひとは、もと蠱師や」

玉青が庭の朝次郎に目をやり、言った。「引退してここの管理人になったんよ」

「引退して下宿屋の管理人になる蠱師、多いんやで」と八尋が注釈を加えた。

「じゃあ、朝次郎さんにも職神がいるんですよね？」

「いまはいいひん。蠱師やめたときにあのひと、ぜんぶ解放してしもたから」

「解放？」

「蠱師が職神を使役《しえき》できるんは、わかりやすく言うたら契約や。契約してるから、職神は蠱師の言うことを聞くんや。そやから契約が終了したら、あとは自由てこと」

「へえ……」

「一族でずっと職神を引き継いでるとこもあるけどな。麻績さんとこはそうと違う？」

澪は漣《れん》の職神を思い浮かべる。そうなのだろうか。物心ついたときには、あの狼たちは漣の職神だった。

「僕《ぼく》んとこもそうやで」と八尋が言う。「新しく職神つかまえるんは、たいへんやからな」

「そうなんですか？」

「野良犬《のらいぬ》を手なずけるようなもんや。手がかかる。その点、血筋《ちすじ》に憑《つ》く職神は扱いやすい」

「へえ……」

麻績家ではあまりこんな話をしなかったので、澪には新鮮だった。伯父《おじ》は家のなかで蠱師の話をするのをいやがっていた。

「ほら、あっちの、狸谷のお不動さんのとこに、狸がおるやないですか」

八尋が玉青に話しかける。

「狸て、置物やろ？」

「ちゃうちゃう、職神ですよ。あの狸、誰かの職神やと思うんですけど」

え、と澪は八尋を見あげた。

「澪ちゃん、知っとる？」

「さっき、狸の幽霊みたいなのは、見ましたけど……」

「それや」

「あれは野良職神やで」

渋い声が割って入った。朝次郎だ。軍手を脱《ぬ》ぎながら、縁側からなかにあがりこむ。

「野良職神?」

なんだそれは、と思いながら訊き返すと、

「契約を解かれんまま、蠱師が亡《の》うなった職神や」

と返ってきた。

「そら、やっかいですね」

八尋が言う。

「やっかいなんですか?」

「契約があるから、ほかの蠱師の言うことは聞かへん」

「契約って、消えないんですか」

「上書きはできんこともないけど、めんどいし難しいな。僕やったらやりたない」

お金になるならやるんだろうな……と思いつつ、澪はさきほど見た狸を思い出していた。

「じゃあ、あの狸は蠱師が亡くなってからずっと、あそこにいるんですか」

「そやな。主《あるじ》の蠱師がいつ亡うなったんかは知らんけど、俺《おれ》がまだ若い時分からいたわ」

朝次郎は卓袱台《ちゃぶだい》の菓子盆《ぼん》を引き寄せ、饅頭《まんじゅう》を手にとる。

「そんなころから？」せいぜいここ数年からだと思っていたので、驚く。

「いっぺん、職神にしよかと思てためしたことがあるんやけど、あかんかったわ。あれは情が強《こわ》い」

そう言って、朝次郎は饅頭を半分に割って口にほうりこんだ。「まだ主が忘れられんのやな」

「不憫《ふびん》な狸やないの」ポットから急須《きゅうす》に湯を入れていた玉青が、ふり向いた。「なんともならんの？」

「ならんな」とあっさり言う朝次郎を、玉青は「冷たいんやから」とねめつける。それでも朝次郎は「なんともならんもんは、しゃあない」と涼《すず》しい顔で答える。

蠱師というものは、割り切りかたが潔《いさぎよ》いのだろうか、と澪は思う。朝次郎も八尋も、『無理なものは無理』とすばやく一線を引くところがある。

澪の脳裏《のうり》には、ひっそりと石段を駆けあがり消えてゆく狸の姿が、何度もくり返し浮かんでいた。

昼下がりの路地には、ちらほらとひと影がある。中年以上の女性が多く、出で立《いた》ちからして観光客らしい。だいたいが詩仙堂の門のなかへと入ってゆく。たまにリュックを背負ったハイキング姿のひとが、坂道をさらに奥へと進んでいった。澪はそのあとにつづいて坂道を登る。ハイキングではないが、汚《よご》れてもいいスウェットにジーンズ、スニーカーという軽装だ。

あの狸は、またいるだろうか、と思う。なんとなく気にかかって、澪ははじめてあの狸と会ってから、何度か狸谷山不動院に通っていた。狸は姿を見せるときもあれば、見せないときもあった。

会ったからといって、なにができるわけでもない。それでもひとりぼっちの狸がどうしても気になって、見に行ってしまうのだ。

鳥居までの暗がり道を行くときは、駆け足で走り抜ける。なるべく陰を見ないように、ふり返らずに。鳥居のなかに駆けこむと、長くつづく石段をすこしずつ登った。その途中で狸と遭遇できればいいが、できなければ、石段を登りきらなければならない。今日は登りきらねばならない日だった。

ずらりと並ぶ赤い鳥居や、弘法大師《こうぼうだいし》の像を横目に石段を登りきり、肩を上下させて本堂に行き着く。体力作りにはいいのかもしれない。懸崖造《けんがいづく》りの本堂は、清水寺《きよみずでら》の舞台に似ている。本堂からは市街地が見おろせて、さわやかな心地《ここち》がした。参拝をすませて本堂を出ると、ハイキング姿の男性が、奥にある細い石段を登ってゆく。案内の貼り紙に『これより先は、ハイキングコースです』とある。石段のさきに赤い鳥居が見えた。その鳥居近くの草むらから、あの狸がひょっこり顔を出す。あ、と澪は思わず石段を登っていた。

狸はすばやく石段を駆け登ってゆく。澪はそのあとを追った。ハイキングコースは、山頂にある奥の院へとつづいているらしい。杉の木立《こだち》に囲まれた山道には、童子の像がたびたび現れる。木漏《こも》れ日《び》がその像を照らすさまが、厳《おごそ》かに映《うつ》った。狸は踏みならされた山道を脇に逸《そ》れる。澪は迷ったが、狸がつと脚をとめ、ふり返ったので、あとをついてゆく決心をした。あの狸は、澪をいざなっている。どこへかは知らないが。

堆積《たいせき》した落ち葉を踏むと、かさついた音とともに湿《しめ》った土のにおいがした。山のなかのにおいは、懐《なつ》かしい。麻績村を思い起こさせる。土や木々、苔、腐《くさ》った葉のにおい。水の通った大地の潤《うるお》いがある。街中《まちなか》にはないものだ。

懐かしさに、気が緩《ゆる》んだのだろうか。木々を見あげていた澪は、くぼみに足をとられた。

「あっ」

落ち葉でスニーカーのゴム底が滑り、倒れこむ。それですんだらよかったのだが、運悪く、そこは斜面だった。杉の木立のあいだを、澪の体は面白いくらい簡単に滑り落ちた。落ちながら、葉っぱってすごく滑るんだな、などとのんきに思っていた。あまりに気が動転すると、そんなものなのかもしれない。枝の向こうの青空が妙に鮮《あざ》やかに見えた。

傾斜《けいしゃ》がなだらかになったあたりで、澪の体はとまった。さいわい、木にぶつかることも岩にぶつかることもなく、どこも痛くはない。――と思ったが、立ちあがろうとして足首に鋭《するど》い痛みが走った。うめいて寝転《ねころ》がる。くぼみに足をとられたさいに、ひねったのだろうか。動かさないかぎり痛くはないので、折れてはいないだろう。たぶん。いやな汗がにじむ。

そろりと身を起こし、澪は周囲を見まわした。杉の木立に囲まれている。石段も山道も見当たらない。そう長い距離を滑り落ちたわけではないと思うのだが。背後は斜面で、下はごつごつとした岩がつづいている。岩というか、山肌全体が石のような。そういう地層なのだろうか。澪のいるあたりはわずかばかりの平地で、ここでとまったのは幸運だった。さらに落ちていたら、悲惨なことになっていただろう。

澪はジーンズのポケットをさぐる。携帯電話は落としていなかった。割れてもいない。ほっとする。が、圏外になっているのを見て、青ざめた。

——助けを呼べない。

斜面を見あげる。この足で滑りやすい斜面を這《は》いあがるのは困難だ。誰かが通りかかるのを待って、声をあげるか。しかし、来るひとがいるだろうか。澪が見ていたかぎり、ハイキングの男性がひとり、澪に先んじて登っていっただけで、うしろからつづくひとはいなかった。そのうえハイキングコースを外《はず》れてしまっている。遭難《そうなん》したときは動かないほうがいいと言うが、こういうときもそうなのだろうか。思案していると、視界の端《はし》を影がよぎり、ぎくりとした。邪霊かと思ったのだ。が、違った。例の狸だ。

狸は、下にいた。岩陰から顔をのぞかせている。澪は地面に手をついて、身をのりだした。すぐ下の岩肌がくぼみになっているようで、狸はそこから顔を出している。黒い瞳がじっと澪を見つめていた。

——なにが言いたいんだろう。

どうもこの狸は、澪に伝えたいことがあるように思えるのだが。

ぽっ、とふいに額に冷たいものを感じて、澪は頭上をふり仰《あお》ぐ。空が暗い。さっきまで晴れ渡っていたはずの空が、にわかに曇《くも》りだしていた。山の天気は変わりやすい、とはいうものの。

ぽつ、ぽつ、と間隔《かんかく》を開けてあたっていた雨粒《あまつぶ》が、あっというまに勢いを増し、泥を跳《は》ねあげる。澪は周囲を見まわすが、雨を避《さ》けられそうな場所がない。このままでは濡《ぬ》れ鼠《ねずみ》だ。こんなところで体温を奪われては、最悪の事態になるかもしれない。内心、焦《あせ》った。狸がさきほどと変わらずこちらを見あげている。狸が身を置くくぼみには、雨は入りこんでいないようだった。澪のいる場所とは落差があったが、迷っている暇《ひま》はない。澪は腹ばいになり、足からずり落ちるようにして下へとおりた。痛めていないほうの足でさきに着地して、しゃがみこむ。ずず、と体をずらして、狸のいるくぼみをのぞきこんだ。

思っていたより、くぼみは大きく、深かった。洞窟《どうくつ》というほどではないが、奥のほうは暗くてよく見えない程度には深い、窟《いわや》だ。なかに入ると、雨が降りこんでこないことにほっとした。泥だらけになってしまったが、ずぶ濡れになるよりましだ。

外は暗い。宵《よい》の口か、夜明け前のようだ。窟の入り口を、雨が滝のように流れ落ちてゆく。この勢いからすると、通り雨だろう。早くやんでくれるといいのだが。

ふと気づくと、狸が隣にいた。気配を感じる。そちらを向いたらいなくなってしまいそうで、澪は動かなかった。目だけでちらりと見る。焦げ茶色の耳が見えたあと、黒い鼻。

「……ねえ」

澪は注意深く、そっと声を出した。狸に逃げるそぶりはない。

「あなた、名前はなんていうの」

口に出してから、答えられるわけないのに、と自分にあきれた。——が。

「その者の名は、照手《てるて》と申します」

うしろから静かな青年の声が聞こえて、澪は背筋が凍《こお》った。

ふり向けない。そこにいるのが、生きたひとではないとわかっているからだ。奥のほうは暗かったとはいえ、ひとがいればわかる。そこには誰もいなかった。

「照手があんさんをここへ呼んだんどっしゃろ。お怪我をしといやすな。かんにんしとくれやす」

声はひっそりとして、やわらかい。それで澪は、いくらか落ち着いた。すくなくとも背後にいる彼は、邪霊ではない。澄んだ気配を感じた。

澪はゆっくり、ふり向いた。二十歳《はたち》くらいの青年が、ゆったりとあぐらをかいて座っている。細面《ほそおもて》の、柔和《にゅうわ》な顔立ちの青年だった。着流し姿だ。絣《かすり》の単衣《ひとえ》。暗いはずなのに、その姿は妙にくっきりと浮かびあがって見えた。

青年は微笑を浮かべた。

「僕は忌部《いんべ》秋生《あきお》。秋に生まれると書いて秋生。照手の主どす」

狸が青年のもとに近づいていって、頭をすり寄せた。青年は——秋生は、その頭を撫でる。

「忌部……」

「へえ、忌部どす。あんさんも忌部か、麻績か……そのへんの一族とちゃいますか」

どうしてわかるのだろう、と思いながらも、澪はうなずいた。秋生はにっこり笑う。

「照手は職神で、僕は蠱師どした。滑落《かつらく》して、打ちどころがまずかったようで、ここで死にまして」

あっさりと言うので、澪は「はあ」とふつうに相づちを打ってしまった。

「そのときに契約は解いたんどすけど、照手は僕から離れようとしまへんねん」

秋生は照手を困ったように見おろす。

「そやけど、この日のためやったんかもしれん」

「え？」

秋生は目をあげ、澪を見すえた。やわらかく、澄んだ瞳だった。

「あんさんをつれてきてくれた」

澪は首をかしげる。「どういう……？」

「それに、懐かしいひとも」

入り口の雨音《あまおと》が変わった。はっとしてふり向くと、高良が立っていた。頭から雨に濡れている。制服のシャツの上に、学校指定らしいネイビーのカーディガンを羽織《はお》っていた。それもずぶ濡れだ。

高良はすこし身をかがめるようにして、なかに入ってきた。前髪から水がしたたり、青白い肌を濡らしている。

「なんで、ここに」つぶやいた澪を、高良はじろりとにらんだ。

「おまえが、怪我なんかするから」

苛立《いらだ》ったように言って、入り口近くに腰をおろした。

「……まだ成仏《じょうぶつ》してなかったんだな」

高良が言ったのは、澪に向けてではない。秋生が静かな笑い声をあげた。

「またこうして会えるとは思わんかった。いまの名前は、なんていうんや？」

親しげに高良に話しかける。高良は無表情に、「名前なんかどうでもいい」と答えた。

澪は高良と秋生を見比べる。

――凪《なぎ》高良は、千年蠱《せんねんこ》として、何度も生まれ変わっているわけだから……。

「……いまの姿に生まれ変わる前の、知り合い？」

高良は濡れた前髪をうっとうしそうにかきあげただけで、答えなかった。代わりに笑顔で答えたのは、秋生だった。

「そうどす。どんだけ前かは知らんけど。僕は明治の生まれどす。明治四十一年。死んだんは昭和三年、御大典《ごたいてん》のあった年」

『御大典』というのがなにか澪はわからなかったが、秋生がずいぶん昔に死んだのだということはわかった。

澪はまた、高良と秋生の顔を交互に眺めた。

「生まれ変わってるのに、誰だかわかるんですか」

そう疑問を口にすると、秋生は微笑した。

「顔がおなじやさかい」

秋生が澪に向けるまなざしには、あたたかみがある。どうしてだろう。

「顔だけと違《ちご》て、ちょっとした仕草《しぐさ》や、所作《しょさ》もおなじどす。そやさかい、わかります」

そんなものなのか、と思った。

「……そいつは蠱師失格だ。だから死んだうえに、成仏もできてないんだ」

高良が冷ややかに言った。あまりの言いように、澪は「ちょっと」と咎《とが》める。

「知り合いだったんでしょう。そんな言いかたはないんじゃない」

「いえ、そのとおりどす」とやんわり言ったのは、秋生だ。

「彼には何度も叱《しか》られました。馬鹿だと……。僕を案ずるがゆえどすな」

「案ずる？」

「死ぬつもりかと。呪詛《じゅそ》せんならん相手に懸想《けそう》して、あげく、追われるはめになるやなんて、阿呆《あほ》どっしゃろ」

秋生は照手に目を落とし、その喉《のど》もとを撫でてやる。照手は目を細めていた。

「とある少女を、呪《のろ》い殺さなあかんかったんどす。そやけど僕は、できんかった。その子は僕の親戚で、幼なじみどした」

どうしてそんな少女を、呪い殺さなくてはならないのだろう。そのうえ、それができなかったからといって、なにがまずいのか。澪にはわからない。

「一族に追われて、逃げて、ここまで来て……うっかり、足を滑らせてしまいました」

「おまえは間抜《まぬ》けなんだ」

高良の言葉に、秋生は笑う。

「君にも、すまんことをした。せっかく、友達になれたのになあ」

高良は舌打《したう》ちをしたが、『友達』という言葉を否定はしなかった。彼は怒っている。秋生が彼の忠告を聞かなかったことにか、死んだことにか。

「彼女も死んでしもたんやろなあ」

秋生はしんみりとつぶやく。死んだか、死んでないかで言ったら、時代からして死んではいるだろうが、たぶんそういうことではないのだろう。

高良は黙っている。秋生は澪に目を向けた。

「あんさんは、御名《おんな》をなんとおいいやすのどすか」

そんなたいそうな名前ではないが、と思いつつ、

「麻績澪です。澪標《みおつくし》の澪」

と答える。秋生は目を細めた。

「ああ、麻績の……。澪とは、ええ名前どすな」

「そうですか……?」

「船の行く路《みち》や。海に漕《こ》ぎ出す船が見えるようや。あなたは、大海原《おおうなばら》に出てゆける

ひとどすな」

――そうだろうか。京都に出てくるのが精一杯だったけれど……。

「それに、麻績澪――逆《さか》さまから読んでもおなじ名は、呪言《じゆごん》や。終わりのない、巡《めぐ》る輪……長寿の祈りがこめられた名や」

え、と澪は目をみはる。知らなかった。

――両親がつけた名なのか、それとも、伯父夫婦がつけた名なのか。

「僕の愛したひとは、忌部八千代《やちよ》といいました。長生きするようにと名づけられた名どす」

澪さん、と秋生はあらたまったように名を呼んだ。

「お願いが、おす。八千代がどうなったか、調べとくれやす」

「え？」

思ってもみなかった言葉に、澪は訊き返す。「なんて？」

「おい……」と低い声を出したのは、高良だった。秋生はそれを無視して、「八千代のことを知りたいんどす」と言った。

「だって、それは――」澪は戸惑う。秋生だって、言ったではないか。死んでしまったのだろうと。それに、知りたいのなら、高良に訊けばいい。

澪が高良のほうを見ると、高良はふいと顔を背けた。

「彼かて、すべてわかるわけやあらしまへん」

そやろ、と秋生は高良に呼びかける。高良は顔を背けたまま、答えなかった。

「教えとくれやす、八千代のこと。それで僕はようやく成仏できますよって」

懇願《こんがん》されて、澪はうろたえる。それで成仏できるというのなら、できないと突っぱねるのは薄情《はくじょう》だろう。しかし、調べるといっても、どうしたらいいのか。

「忌部……忌部さんの一族なんですよね」

「へえ。八千代は忌部の本家、僕は分家筋どした」

それなら、朝次郎にでも訊けば、なにかわかるだろうか。

「い……いちおう、調べてみますけど、わかるかどうかは――」

「かましまへん。お願いします」

秋生は頭をさげる。澪は奇妙な心地がした。幽霊と約束を交《か》わしている。

「八千代は死んだ。それ以上のことなんかない」

高良がたまりかねたように、吐《は》き捨てた。

「おまえはさっさと成仏しろ」

秋生はやわらかくほほえんだ。

「君が心配なんや」

「馬鹿な――」

高良の言葉は途中でとまる。秋生の姿は、蠟燭《ろうそく》の火が消えるように、ふっと見えなくなった。あたりが急に暗くなったように感じる。彼の座っていた地面の上に、色褪《いろあ》せた紺絣《こんがすり》と、白い人骨のようなものが折り重なっていた。照手もいなくなっている。

雨の音が急に大きくなった気がした。いや、そうではない。いままで、雨音が聞こえていなかったのだ。現に、雨はむしろ小降りになっている。じきやむだろう。

はあ、と高良がため息をついた。そちらを見ると、高良は険《けわ》しい顔で地面をにらんでいる。青白い横顔が美しい。眺めていると、高良は地面をにらんだまま、「なんだ」と鋭い声を投げてきた。

訊きたいことは、いろいろあるが。

「どうして、ここに来たの？」

高良は舌打ちした。「だから、おまえが怪我したからだ」

「どうして、わたしが怪我をしたら、あなたが駆けつけるの？」

「……そういうものだからだ」

声の鋭さが、そこで鈍《にぶ》くなった。

「そういう？」

「この身に、染《し》みついてる。おまえのことは、夜尺斯《やさかし》に見張らせているから」

「ヤサカシ？」

「俺の職神だ。烏《からす》の」

澪は周囲をうかがった。

「……見張らせてるって……」

怖いのだが。

「京都になんか来なければ、そんなこともなかった。おまえが悪い」

言い捨てて、高良は立ちあがった。入り口のほうに歩いてゆく。雨があがっていた。

「ま、待って」澪も立ちあがろうとして、足首に走った痛みにうめく。高良は入り口の手前で立ちどまった。澪はそちらに手を使ってにじりよる。

「まさか、置いていくつもりじゃないでしょう？」

高良は顔をしかめて澪を見おろした。

「助けを求めるときの口の利《き》きかたも知らないのか」

「『助けてください』って言ってほしいの？」

「……かわいげのない女だな」

いくらかあきれたようにため息をつき、高良は澪のそばに膝《ひざ》をついた。

「担《かつ》がれるのと背負われるのと、どっちがいい」

「かつ……？　せ、背負われるほう」

高良は無言で背を向けた。おぶされということだろう。澪はそろりと背中に手を置いて、身を預けた。すぐに体が持ちあがる。高良はまるでなにも背負っていないかのように易々《やすやす》と立ちあがり、歩きだした。それにとどまらず、いとも身軽に斜面を登ってゆく。いったいどういう身体能力をしているのだろう、と澪は驚きを通り越して怖くなる。やはりふつうの人間とは異なるのだろうか。だが、澪の体の下にある高良の背中は、ちゃんと体温のあるひとのものだった。筋肉の動きも、息遣《いきづか》いも感じられる。

「……ねえ」

声をかけたが、高良は答えない。澪はかまわず言葉をつづけた。

「あなたのこと、なんて呼べばいい？　凪くん？　高良くん？」

高良は返事をしなかったが、澪は我慢比べのつもりで辛抱《しんぼう》強く答えを待った。しばらくして、「俺の名前は、もう知ってるだろう」と返ってきた。

「名前って……」

千年蟲。いや、違う。澪は一度、口にした。どうしてかわからない、ただその名が浮かんで、口にしていた。

「巫陽《ふよう》？」

高良は足をとめた。答える代わりに、ふたたび足を進めて斜面を登る。

「これがあなたの名前なの？　わたしはどうして、知ってるの」

返答はない。澪は苛立ち、「ねえ」と高良の肩を揺さぶった。

「動くな。落とすぞ」

落ちるぞ、ではなく、落とすぞ、だったので、澪は揺さぶるのをやめる。

「そのうち、いやでもわかる」

高良は静かに言った。斜面を登りきり、ハイキングコースに戻る。雨雲が去り、陽がさしはじめていた。木漏れ日に濡れた葉や岩が輝いている。高良は澪を背負い直し、山道をくだってゆく。高良はそれ以上なにも言わなかったし、澪も口を開かなかった。訊きたいことは山ほどあるのに、言葉にならない。不思議な感覚に支配されていた。どうしてだろう、澪は、この背中を知っている、と思えてならなかった。巫陽という名を知っていたように。

焦燥《しょうそう》に似た気持ちが湧《わ》いてくる。知っているのに、わからない。自分のなかに、わからない部分がある。自分のことなのに。怖いような、懐かしいような気持ちだった。郷愁《きょうしゅう》に胸をしめつけられる。

「……八瀬に住んでるんでしょう?」

ようやく、それだけ言った。高良は、これには「ああ」と答えた。

「家族は?」

「いない」

「ひとりで暮らしてるの?」

「職神がいる」

すこしして、つけ加えた。

「俺は、ひととは暮らせない」

きっぱりとして、問いも反駁《はんばく》もする余地がない口調《くちょう》だった。

――このひとは、何度生まれ変わりをくり返しているのだろう。

ふいに澪は、そのとほうもなく長い年月を思った。彼は、気が遠くなるような年月をずっと生きつづけているようなものだ。想像もつかない。死んでも終わりじゃないなんて。

——あまりにも、孤独ではないか。

「あなたは、どうしてわたしを遠ざけたいの？　そのくせ、助けてくれるのはどうして？」

返答はなかった。

高良にじかに触れているのに、彼の心はひどく遠いところにある気がした。近寄るのを拒絶されている。それなのに、澪を背負って助けてくれる。この矛盾《むじゅん》はなんなのだろう。

高良は不動院の石段を悠々《ゆうゆう》とおりてゆく。すれ違うひともなく、静かだ。雨上がりの湿った土のにおいがする。鳥の鳴き声とはばたきが響《ひび》いて、滴《しずく》が落ちる音がした。弘法大師の像の前で、高良は足をとめる。その場にしゃがみ、澪をおろした。

「どう——」

したのか、と言葉をつづける前に、石段の下のほうから、小さな獣が駆けあがってきた。白い狐だ。

「あ、松風？」

八尋の職神だ。松風は澪を見ると、鼻先をあげて、ケーン、とひと声鳴いた。

「ああ、おった、おった。澪ちゃん」

ゆっくりとした足どりで、八尋が石段をあがってきた。片手に傘《かさ》をたずさえている。「この歳《とし》でこの階段はきついわ。はあ」

「どうしたんですか、麻生田さん」

「えらい雨降ってきたやん。澪ちゃん、ここに来るて玉青さんに言うたやろ。なかなか帰って来《こ》やんし、雨に降られて困っとるんちゃうかて、僕がお使いに出されたんや」

八尋は澪の全身を眺める。

「なんや、どろんこやん。転《ころ》んだん？　怪我しとる？」

「足をちょっと、くじいて――」

高良におぶってもらったのだと言おうとして、ふり向いたら、高良はもういなかった。どこに消えたのだろう。

「くじいた？　歩けるん？　ここまで来たんなら歩けるんか。手貸そか」

痛む足を引きずり、八尋の手を借りて石段をおりる。

「その足でようここまでがんばったなあ。帰ったら病院行かな」

「湿布《しっぷ》貼《は》ったら大丈夫だと思うので」

「あかん、あかん。こういうのは最初にちゃんと病院で診《み》てもろたほうがはよ治るで」

「はあ」

「澪ちゃんはなあ、もうちょい、自分の体をいたわってあげたほうがええな。僕なんか、ちょっとの怪我でもすぐ病院に行ってまうわ。怖いやん」

「はあ……」

八尋がよくしゃべるので、気が逸れて何度か石段を踏み外しそうになった。危《あぶ》ない。くれなゐ荘に帰ると、出かけるたび怪我をしてくる澪に、玉青が怖い顔をしていた。

「今度から、出かけるときは保護者同伴や」と宣言される。

「保護者って……」

「とりあえず八尋さんやな」

「え、僕そんな暇とちゃうんやけど」

「休日だけのことやし、毎週でもないんやし、それくらいできますやろ」

「ええ……」

「わたしも、それはちょっと……」

「ほな、あたしか、朝次郎さんか、誰でもええから、ひとりでは出かけへんこと」

「はあ……」

くれなゐ荘の者は皆、玉青には逆らえない。なんでかはわからないが、なんとなく、逆らえない。こうやって人間関係はできあがるものなのだろう。犬の上下関係みたいに。

シャワーで髪や体についた泥を落としてから、八尋の車で病院までつれていってもらい、手当てを受けて帰ってくると、もう夕飯時だった。

「たいしたことなくてよかったけど、しばらく安静にせなあかんよ」

卓袱台におかずを並べながら、玉青が言う。澪はおとなしく「はい」と答える。行儀が悪いが、包帯《ほうたい》を巻いた足を前に伸ばして座った。卓袱台には、肉豆腐《にくどうふ》に、蓮根《れんこん》のきんぴらに、ほうれん草のごま和《あ》え、きゅうりとなすのぬか漬けなどが並んでいる。加えて、炊《た》きたてのご飯に、白菜《はくさい》の味噌汁《みそしる》。四人分の器《うつわ》を並べると、卓袱台は狭《せま》い。

「澪ちゃん、その足で学校はどうするん？」

玉青に訊かれる。

「行きます」

「ちゃうちゃう。学校までどうやって行くんってことや」

「ああ――松葉杖《まつばづえ》を借りてきたので、それで」

「バスで通うつもり？　たいへんやろ。八尋さんに送迎してもろたら？　松葉杖がいらんようになるまで、一週間くらいやろ」

「いえ、いいです」

さすがに、そこまで甘えられない。ご飯を頬張《ほおば》っている八尋も、あからさまに『勘弁《かんべん》してくれ』という顔をしていた。

「澪ちゃんはもっと、ずうずうしいならんと。八尋さんくらいに」

「僕はふつうでしょ」

「そやから、それくらいにならんとってことや。澪ちゃん、ほんまに――」

このまま行くと玉青に送迎の件を押し切られそうな予感がして、澪は「あの」と強引《ごういん》に朝次郎に話しかけた。黙々《もくもく》と箸《はし》を進めていた朝次郎は、「うん？」と目をあげる。

「朝次郎さんは、忌部の一族なんですよね」

「そうや」

「忌部八千代さんて、知ってますか」

カッ、と硬《かた》い音がしてふり向くと、玉青が箸を取り落としていた。青い顔で澪を見つめている。

「あの……？」

朝次郎に目を戻すと、彼の表情は変わっていない。ただ、箸を置いて澪の顔を見すえた。

「誰に聞いた？」

「え？」

「その名前」

「……忌部秋生さんから」

正確には、秋生の幽霊からだ。朝次郎は眉《まゆ》をひそめた。

「忌部秋生は……とうに死んでるはずや。生死は確認できんかったとは聞いてるけど。俺の祖父の代のひとや」

「亡くなってました」

澪の返答に、朝次郎は察したらしい。額を押さえた。

「そうか。あの職神、あれは忌部秋生の霊があの辺にいるから、離れへんかったんか」

「あの狸が秋生さんの職神だって、知ってたんですか？」

「職神は、一族のもんやから……」

朝次郎は額を押さえたまま、うなった。

「忌部秋生は、裏切り者やて聞いてる。一族を裏切って逃げて、追っ手をかけてもつかまらんかった。詳《くわ》しいことは、時代が違うし、俺も知らん」

「でも、じゃあ、八千代さんのことは？」

「忌部八千代は、本家のお嬢さんやった。このひとも、一族を裏切ったと……。俺も玉青も、忌部の分家の人間なんや。本家筋のややこしい話は、知らんことも多い。八千代の名前は、昔から禁句やったし」

澪は渋い表情を浮かべる朝次郎の顔を眺め、つぎに玉青の顔を眺めた。玉青は、朝次郎ほど表情が読みにくくはない。動揺を隠せていなかった。彼女は八千代のことを知っている。だが、朝次郎の前で問いただしても、おそらく答えは聞けないだろう。

——どうしてみんな、わたしに隠し事をするのだろう。

なにかを隠されている。それをずっと感じている。苛立つが、問い詰めたところで大人の口は割れないことも知っている。

「じゃあ、本家のひとに訊けばわかりますよね。忌部の本家って——」

「本家はもうあらへん」

「えっ」

「もう絶えてしもた。分家は残ってて、本家は断絶ていうのも皮肉なもんやけど」

「……」

ほんとうなのだろうか。嘘《うそ》ならすぐばれてしまうだろうから、やはり事実か。でも、それではもう調べようがない。

――秋生さんに頼まれたのに。

うつむく澪に、居間《いま》には沈黙が落ちる。それを破ったのは、八尋だった。

「まあ、ようわからんけど、ご飯食べよ。冷めてまうわ」

どこか間の抜けた明るい声に、澪も肩の力が抜ける。気を取り直して、ご飯の茶碗を手にとった。


八尋が澪を呼びとめたのは、食事が終わって、部屋に入ろうとしたときだ。

「澪ちゃん、忌部の本家に行きたいん？」

廊下は古い電球がぶらさがるだけで、薄暗い。笑《え》みを浮かべる八尋の顔も、陰影を帯びていた。

「でも、本家はもうないって……」

「本家はつぶれたけど、いちおう、子孫はおるし、屋敷も残っとるで」

「え」

「朝次郎さんも意地悪やな。そのへん言わへんのやから」

八尋は笑う。

「蠱師はもうしてへん。でも、年寄りやったらいくらか昔のことも知っとるやろ。――つれてったろか？」

澪は八尋の顔を見つめた。面倒《めんどう》くさそうな顔はしていない。

「……謝礼とか、いります？」

「君は僕をなんやと思とるんや。金の亡者《もうじゃ》か。子供から金はとらへんわ」

「お願いできるなら、助かりますけど」

「ええよ。出世払いにしとくわ」

やっぱりお金をとるんじゃないか――と思ったが、黙っていた。


出かけるという日にかぎって、彼はやってくる。

漣である。

「また来たの？」

玄関先で、旅行鞄《かばん》を提《さ》げた漣はじろりと澪をにらんだ。前に来たときよりいくらか肌寒くなっているからか、シャツの上にカーキのジャケットを羽織っている。

「おまえ、怪我したんだってな。母さんが見舞《みま》いたいとかどうとかうるさいから、俺が来たんだよ」

「見舞いって、そんなたいそうな。足をちょっとくじいただけだよ。もうほとんど治ってるし」

　一週間がたち、松葉杖がいらない程度には快復《かいふく》している。

「玉青さんに聞いたの？」

「なにもわかってないんだな。八尋さんだよ」

「麻生田さんが？」

「観察眼がないんだよな、おまえは。あのひと、父さんのスパイだぞ」

「スパイ⁉」

　声が裏返った。

「ひと聞きの悪いこと言わんといてや」

　奥の廊下から、八尋が笑いながら現れる。編み目の粗《あら》い生成《きな》りのニットに、ベージュのパンツを合わせている。手の上で車のキーをもてあそんでいた。

「潮《うしお》さんに頼まれて、定期報告しとるだけやで」

潮というのは、伯父の名だ。「伯父さんに……？」

「澪ちゃんが心配なんやな」

――それなら、直接わたしに電話でもしてくればいいのに……。

「監視されてるんですね、わたし」

「そんなふうに受けとらんでも」八尋は苦笑する。「心配されとるんやなって素直に受けとったらええやん」

澪は顔を背けて伏せた。

「で、どこに出かけるんですか？」漣が八尋に尋《たず》ねる。

「忌部本家」八尋は短く答えた。

「わかりました。荷物だけ置いてきます」

当然ついてくるということである。旅行鞄を置いて戻ってきた漣は、肩に細長い布包みだけかけていた。さきほどから漣はそれを肩にかけていて、澪は若干《じゃっかん》、気になっていた。錦《にしき》の袋に包まれているそれは、長さからいうと日本刀でも入っていそうなのだが、細くて軽そうなので違うだろう。

「それ、なに？」

と訊いたが、

「おまえには関係ない」

と言われて終わった。漣はひどく過保護になるときもあれば、やたら澪を邪険《じゃけん》にするときもある。昔からそうだ。

「わざわざ長野から駆けつけるやなんて、漣くんはやさしいなあ」

笑う八尋に漣は、

「……澪が怪我をしたら、俺が両親から怒られるんですよ」

と苦《にが》い口調で吐き捨てた。

知っている。子供のころ、邪霊に追いかけられるとかならず漣が駆けつけてくれた。間に合わずに澪が怪我をしたり、体調を崩したりすると、漣は伯母《おば》に『どうしてちゃんとそばにいてあげないの』と叱られていた。

漣のなかに渦巻《うずま》いている思いを、澪は知っているようで、わかってはいないのだろう。澪の胸のうちを、漣だってすべてわかることがないように。

漣は澪に顔を向けると、「おまえ、上になにか羽織れよ。風邪《かぜ》ひくだろ」と怒ったように言った。澪は黒い薄手のタートルネックに、白いパンツという出で立ちで、長い髪はうしろでひとつに結んでいる。べつに寒くないのだが、と思ったが、逆らわずにロングカーディガンをとってきた。

「忌部の本家は、修学院《しゅうがくいん》にあったんや。一乗寺《いちじょうじ》もそうやけど、京都の蠱師はだいたい北東方面に住んどるもんやった。鬼門《きもん》やな」

車を運転しながら、八尋が説明する。

「本家は跡取りがつぎつぎに死んでしもて、そのあとは一家離散みたいなことになってな。分家から養子とるとかいう話もあったみたいやけど、どの分家から出すかで揉《も》めて、立ち消えになったんやと。朝次郎さんな、あのひとにその養子の話が来たこともあったそうや」

「そんなこと、ひとことも……」後部座席で澪はつぶやく。助手席には漣がいる。

「言わへんかったやろ。あのひと、けっこうな狸やで。玉青さんもなあ、もともと忌部の分家筋のなかでは、本家に近いひとのはずやけど。あのひとは蠱師の適性がなかったもんやから、家を出て……どういういきさつで朝次郎さんと夫婦になったんか、俺もそこは知らん。謎やな」

くっくっ、と八尋は笑う。

「詳しいんですね、いろいろと」

「まあ、知っとるほうがなにかと得やから」

笑みを浮かべる八尋の顔を、澪はルームミラー越しに見る。麻績家の家庭事情も知っていそうな気がした。

「麻生田にも、本家とか分家とか、あるんですか？」

「んー、まあ、あるといえばあるけど。忌部や麻績ほどの家柄でもないでな。忌部も本家がつぶれてからは弱い。分家がいがみあっとるから」

八尋がさりげなく麻生田の話題を避けたことを、澪は感じた。触れられたくないのだろうか。

「八尋さんは、麻生田の家には戻ってないんですか」

避けたところに、漣が突っ込んでいった。意地が悪い。

「戻ってへんなあ。親不孝者なもんで。漣くんを見習わなあかんな」

漣は黙る。八尋はにやにやと笑っていた。

「……本家がつぶれたなら、修学院の家には、誰が残ってるんですか？」

澪が話題を変える。

「たしか、おばあさんがひとり。名前はなんていうたかな。まあ、会《お》うたらわかるわ」

一乗寺から修学院あたりまでは、車なら白川通《しらかわどおり》を北に向かえばすぐである。修学院離宮のある、閑静《かんせい》な住宅地だ。

修学院という名は、一乗寺とおなじく、この地にあった寺院の名にもとづく。創建は両寺とも平安時代だが、延暦寺と園城寺《おんじようじ》の抗争や戦乱でなくなってしまったそうだ。

修学院離宮は、江戸時代、後水尾院《ごみずのおいん》によって造営された山荘で、建物から庭園に至るまで、そうとうに熱を入れて造られた。当時は大名庭園といって、大名家が贅《ぜい》をこらした大がかりな庭を造るのが盛んだったから、修学院離宮もそうした流行のひとつと言えるのかもしれない——そんな話を、八尋は道すがら語った。

忌部の本家は山裾《やますそ》にあるそうで、八尋の車はゆるやかな坂道を登り、緑のなかに分け入ってゆく。山の木々は、紅葉にはまだ早いようだ。道沿いにはたいそうな門構えの、大きな屋敷がつづいている。車は横道に入り、ほかの屋敷からは離れてぽつんと建つ一軒の屋敷の前でとまった。敷地は広々として、石垣《いしがき》と槇《まき》の生《い》け垣《がき》に囲まれている。生け垣はあまり手入れされた様子がなく、好き勝手に枝が伸びてしまっている。もったいないな、と思った。そのせいか、立派な屋敷なのだろうに、妙に荒《すさ》んだ雰囲気を感じる。門は奥まったところにあり、古びた表札に『忌部』とあった。

「そしたら、用事が終わったら連絡して。迎えに来るわ」

と、八尋が言うので、「え？」と澪は訊き返した。

「麻生田さんは来ないんですか？」

「なんで？　僕は用事ないもん。年寄りの話聞くとか退屈やし、めんどいやん」

あっけらかんと言う。澪と漣を降ろして、八尋の車は去っていった。澪は門をくぐり、玄関に向かう。松葉杖がいらなくなったとはいえ、まだ完治していない足をかばいながらだ。漣に手を借りるほどではないので、ひとりで歩く。漣も手を貸そうとはせず、澪の前を歩いている。

「草が伸びっぱなしだな。ほんとにひとが住んでるのか？」

漣がつぶやく。敷石《しきいし》の隙間からは草が伸び放題で、それは屋敷の前にある広い庭も同様だった。庭に面した雨戸がすべて閉まっているのも、住人がいるのか不安にさせる。と思ったとき、がたがたと雨戸の一枚が音を立てて開いた。そこからひとりの老女が姿を現す。小柄《こがら》な、えんじ色のセーターを着た老女だった。彼女は雨戸を苦労して動かしていた。

漣がそちらにすばやく歩みよる。

「手伝いましょうか」

「ええ？」老女は大儀そうに息をついてふり向く。目をしょぼしょぼさせて漣を見た。「あんた、どちらさん？」

「麻績の家の者です。わかりますか、長野の……」

「ああ、麻績村の。麻績さんとこのひとに会うんは、ひさしぶりやな。母の葬儀以来やろか。もう、そっちのほうの親戚とは、つきあいがないさかい」

「僕らは、こっちに住んでるんです」

子細に説明するのが面倒だからか、漣はそう言った。

「へえ、さよか。ほんで、うちになんか用なん？」

老女はいぶかしそうに漣と、うしろにいる澪をじろじろ眺めた。

「昔の話を、ちょっとお訊きしたくて……。雨戸、ぜんぶ開けたらいいんですか？やりますよ」

漣は無愛想《ぶあいそう》ながらてきぱきと言って、雨戸に手をかける。老女が苦労していた雨戸も、漣は易々と開け放っていった。こういうとき、漣は物怖《ものお》じしない。麻績村でしょっちゅう近所の老人を相手にしているからなのか。澪はうらやましくもあり、単純に尊敬もする。ひと見知りの澪にはできない芸当だった。

「助かったわ。年とると雨戸の開けたてもきついさかい」

雨戸をすべて開け放ったあと、縁側に腰をおろした澪と漣に、老女はお茶を淹《い》れてくれた。老女は名を梅津以知子《うめづいちこ》といった。母親が忌部の長女だったのだという。

「ここに住んでるんとは違うんやわ。週にいっぺんくらい、風を通しに来てるんよ。空き家にすると、家はすぐあかんようになるさかい。そやけど、たまに来るだけでは住んでへんのといっしょやな。あちこち悪なって。でも、誰も住みたがらへんさかい、どうもならん」

「住みたがらないって、どうして……？」

愚痴《ぐち》るように語る以知子に、澪は尋ねる。

「気味悪い、て。誰かいる気がする、てみんな言うたわ。いとこも、わたしの弟や妹も。ほんで誰も、近寄りたがらへん」

古い家やからなあ、と以知子は座敷のほうをふり返る。縁側に面した障子《しょうじ》はすべて閉まっているので、なかがどんなふうなのかはわからなかった。ただ、ひどく静かだと思った。誰も住んでいないのだから当たり前なのだが、そういうひと気のなさ以上に、雪のなかに閉じこめられたような、異様な静けさだった。

「……忌部八千代さんのことって、ご存じですか？」

澪が口にした名前に、以知子はしばし、動きをとめた。口を半開きにして、まばたきもせずに澪の顔を見る。

「八千代さん……、母から聞いたことがあるわ。母の妹や。わたしからしたら、叔《お》母《ば》やな。若いうちに亡うなったひとやから、会うたことないけど」

「若いうちに……」

「病気で死んだて聞いたけど、よう知らん。母は『うちがあかんようになったんは八千代のせいや』て、しょっちゅう言わはったわ」

「八千代のせい、というと」

「そやから、わたしもよう知らんのや。母はぶちぶち文句言うわりに、八千代さんのこと訊くと、怖い顔して怒らはってなあ。子供心にも禁句なんやて思たさかい、訊けへんかった。駆け落ちでもしはったんやろか、て思てたな」

——駆け落ち。そんな程度の話ではないように思うけれど……。

以知子の世代で知らないとなると、やはりもう八千代のことを知るひとはいないだろうか。

「あの、じゃあ八千代さんのことをご存じのかたって、もういらっしゃいませんか」

「そやろなあ。母や叔父《おじ》が生きてたら訊けたんやろうけど。この叔父ていうのが跡取りやったんやけど、仕事中に亡くならはって、それから家が傾いたらしいわ」そこで以知子はちらと澪と漣の顔をうかがうように見て、「仕事て、わかるやろか。蠱師や」と言った。澪と漣は軽くうなずく。

「呪詛をな、失敗しはったそうや。麻績さんとこやったら、わからはるやろ。蠱師なんて商売は、信用が大事やさかい。ケチがついたらもうあかん。本家の血筋で蠱師をやってるもんはもう誰もいいひん。この家を守るのも、わたしの娘くらいで最後やろ。——ああ、そや」

以知子は手をついて「よっこいしょ」と腰をあげた。

「思い出した。写真はあるんやわ」

「写真？」

「八千代さんの写真。きれいなひとでな、絞《しぼ》りのええ着物着てはるて思た覚えがあるんや」

そうつぶやきながら以知子は障子を開けて座敷へと入っていった。「白黒やさかい、色はわからへんのやけど、あれは濃紫《こむらさき》の絞りと違うやろか。子供のころ、簞笥《たんす》で見た気がするんやわ……」ぶつぶつとつぶやきがつづいている。障子は細く開けられただけで、なかは薄暗くてよく見えない。すえた、かびくさいようなにおいがする。長くひとが住んでいないからか。以知子は風を通しに来ている、と言っていたが……。「着物もええもんはみんな売ってしもて。ああもったいない。もうこの家にはろくなもんがあらへん」以知子のつぶやきと、物を漁《あさ》る音が聞こえてくる。ずっずっと、裾《すそ》をひきずるようなこの音はなんだろう。

「……澪」

漣が澪の腕をつかむ。

「ああ、あった、あった。これや」

以知子の明るい声がした。

「写真、見つかったさかい、こっち来てみ。これが八千代さんや」

座敷のなかから以知子は呼ぶ。なかは薄暗い。澪は目を凝《こ》らしたが、以知子の姿は見えなかった。

「どないしたん、あがっておいで。かまへんから」

声だけが聞こえる。

「そちらは暗いので、こちらに来てもらえませんか」

漣が座敷に向かって声をかけた。

「……膝が痛《いと》うて、動くのがおっくうなんや」

一拍《いっぱく》の間を置いて、不機嫌《ふきげん》そうな声が返ってきた。

「年寄りを使うもんやない。さあ、おいで」

障子が開け放たれた。それなのに、座敷のなかは薄暗いままだった。奥に以知子が座っている。暗くて顔が見えない。暗いのは、座敷が黒い陽炎でみっしりと満ちているからだった。

「おいで……」

以知子が腕を伸ばす。陽炎がゆらりとうごめいて、澪の手をつかんで引っ張った。澪は痛みに悲鳴をあげる。手がねじきられるかと思うような力だった。横ざまに倒れこみ、そのまま座敷に引きずりこまれそうになる。

漣が動いた。肩にかけていた袋の口を開き、なかから棒のようなものをとりだす。細い、節のある竹の杖に見えた。が、漣がその杖を握って引くと、なかから刀身が現れる。

──刀⁉

澪が驚きの声をあげる間もなく、漣はその刀を一閃《いっせん》させた。刃が澪の手をつかんでいた陽炎を斬《き》り払う。耳をつんざく、獣の咆哮《ほうこう》のような大音声《だいおんじょう》が鳴り響いた。

漣は鞘《さや》をほうりだし、澪の手をとって駆けだす。足の痛みで、澪はいくらも走れない。漣に引っ張られてなんとか門の手前まで来て、そこで転んだ。漣はうしろをふり返る。澪も地面に手をついたまま、家のほうを見た。座敷の障子は、ぴたりと閉まっていた。なんのへんてつもない、昼下がりの陽ざしを浴びた、古屋敷に見えた。

澪は息を整え、漣を見あげる。

「い……以知子さんは……」

声が震《ふる》える。

――まさか、幽霊？　いや、でもあれは、たしかにひとだった……。

縁側に、出してもらったお茶がちゃんと残っている。

漣は無言でふたたび家のほうに足を向けた。「あ、待って」澪は立ちあがり、痛む足を引きずりながらそのあとを追った。

「漣兄《にい》、その刀って」

「家から持ってきた。杖刀《じょうとう》だよ。昔から蠱に使う」

漣は庭先にほうりだした鞘を拾って、刀を収めた。「九節《きゅうせつ》の杖刀。古いものだ」

「見たことある……」

澪はつぶやく。どこでだったろう。柄《つか》は紫檀《したん》で、握り部分に樺《かば》を巻き、九つの節がある淡竹《はちく》の鞘には生漆《きうるし》が塗《ぬ》られていて、つやを帯びている。刀は直刀、その刀身には金で星や雲が象嵌《ぞうがん》されているはずだ。

「黙って持ちだしたわけじゃないぞ。ちゃんと父さんに許可をもらった」

職神だけではこころもとないから、と漣は言った。杖刀を手に、土足のまま漣は縁側にあがる。一片の躊躇《ちゅうちょ》もなく障子を開けた。なかには、以知子が座している。さきほどと違い、なかは暗くはなかった。黒い陽炎もない。以知子は一枚の写真を手に、ぶつぶつとつぶやいていた。

「そや、この着物もあったはずや……箪笥に……ぜんぶのうなって……叔母さんが勝手に売ってしもたんや、泥棒といっしょやわ」

「以――」

澪が声をかけようとしたとき、門のほうに車のエンジン音が近づき、とまった。

――麻生田さんだろうか。

漣がすばやく縁側からおりて、杖刀を袋にしまった。

「あれま、お客さん？　ここには誰も住んでへんのやけど」

やってきたのは、六十代くらいの婦人だった。花柄のカットソーの上に藤色のカーディガンを羽織った、ふくよかな婦人だ。癖《くせ》のある短い髪をダークブラウンに染《そ》めているが、根元の白髪《しらが》がかえって目立ってしまっている。

「僕たちは、忌部の親戚の、麻績です。京都に引っ越してきたんで、一度ごあいさつにうかがおうと思って」

すらすらと、漣はもっともらしいことを言う。

「麻績さん？　そういえば、そんな親戚があったような……。ごめんなあ、ようわからんわ。ここは祖母の実家なんやけど、家の世話をするひとが誰もいいひんから、わたしがたまに来て掃除してるくらいで」

「祖母……」

「あれ、お母ちゃん！　やっぱりここやったん」

婦人は高い声をあげて、縁側からなかへとあがりこむ。「ああ、もう、またこんな散らかして。片づけやな」

座敷のなかは、婦人の言うとおり、散らかっていた。箪笥の抽斗《ひきだし》はすべて中途半端に引きだされて、洋服がだらりと垂《た》れさがったり、ハンカチやスカーフが畳《たたみ》の上に落ちたりしている。押し入れの襖《ふすま》も開けられ、なかから布団《ふとん》が引っ張りだされていた。ほかにもチラシや写真が散らばっている。そのなかに、以知子はぼんやりとした顔で座っているのだった。ふいに以知子は顔をあげ、婦人のほうをにらんだ。

「散らかして、ってなんやの。さがしてるんやないの。着物をさがしてるんや。ほら、絞りの着物があったやないの。あれがないんや、やっぱり叔母さんが持っていってしもたんやわ。いつもそうやもの」

「はいはい」

婦人はなおざりな返事をして、畳の上のものを拾いはじめる。

「認知症なんよ。わたしら、この近くに住んでるんやけどな、ちょっと目を離すと、ここまで歩いてきてしまうんやわ。ずっとこの家の管理をしてたんが母やったさかい、そうなってまうんやろな。いまのことはさっぱりやけど、昔のことはよう覚えてる。膝が痛いの、息が苦しいのて言いながらも自分の足で来るんやから、体だけは丈夫で困るわ」

澪たちのほうをふり返りもせず、ため息まじりに婦人は言う。

「事故にでも遭《あ》われたらかなんさかい、気づいたらすぐ連れ戻すようにしてるんやけど。――そやさかい、ここにはもう忌部の人間は住んでへんよ。もうずっと」

そうですか、と言いかけた澪の声に、以知子の声が被《かぶ》さった。

「ああ、もう、この家は掃除しても掃除しても、蟻《あり》が湧いて出てくる。ほら、あっちも、こっちも、黒い蟻がぎょうさん……」

以知子の指さすほうを見れば、黒い陽炎がわだかまっている。さきほど四散《しさん》した邪霊が、ふたたび集まってきているようだった。

「ちょっと失礼します」と漣が縁側から座敷にあがりこみ、襖をすべて開け放っていった。さらに奥に入ってゆき、窓を開けたらしい、風が通り抜けた。座敷に溜《た》まっていた黒い陽炎が、風に吹かれて消えていった。

「風はよく通したほうがいいですよ。湿気がたまりやすい家ですから」

戻ってきた漣が婦人に進言する。婦人は勝手にあがりこんで窓を開けた漣にぽかんとしていたが、「そうなんよ、どうも、かびくさい家で……」とうなずいていた。

以知子は宙《ちゅう》を見つめていた。かと思うと畳に手をつき、立ちあがろうとする。その手から写真がほうりだされた。

「なに、お母ちゃん、トイレ？」婦人が以知子の体を支えて、座敷を出てゆく。

写真は、ひらひらと木の葉のように舞って、縁側に落ちる。澪はそれを拾いあげた。

澪は、息をつめる。写真を凝視《ぎょうし》して、固まった。

「……澪？」

漣がけげんそうに写真を横からのぞきこむ。彼もまた、言葉を失った。

――これが、八千代さん？

総絞りの着物を着たひとりの若い女性が、そこには写っている。髪をきれいに結《ゆ》いあげ、視線をこちらに向けて、かすかに笑みを浮かべていた。

その顔は、澪とうりふたつだった。

澪は、狸谷山不動院の奥、山道を歩いて先日の窟へと向かっていた。あのとき滑落した斜面を、慎重《しんちょう》に木々につかまりながらおりてゆく。山の木々は、すこしずつ紅葉しはじめていた。腐った落ち葉のにおいが、あたりには満ちている。足はもう治っていた。踏ん張りがきくくらいに治るまでの数日間が、ひどく長く感じた。

「八千代さんは若くして亡くなったそうだけれど、理由まではわからなかった」

窟の入り口で、澪はそう言葉を投げかけた。奥から言葉が返ってくる。

「そうどすか。ありがとうございます」

秋生が柔和にほほえんでいる。澪はその顔を見つめた。

「教えて。そのためにわたしに頼んだんでしょう？　八千代さんのこと」

澪は秋生につめよった。

「どうしてわたしと八千代さんがおなじ顔をしているの？　あなた、言ってたよね。凪高良……千年蟲は生まれ変わってもおなじ顔をしているから、わかるって」

「ああ、ナギタカラ、いまの彼はそういう名どすか。どういう字を書くんやろか」

「風が凪ぐの凪に、高い、良い悪いの良で高良」

「凪……ええ名やな。僕の時代には、汐見直弥《しおみなおや》というたんどす。懐かしいわ」

なあ、と秋生は入り口に向かって笑いかける。ふり返ると、高良が立っていた。

澪を追ってきたのだろうか。高良はかすかに眉をひそめた顔で、無言でなかへと入ってくる。澪のすこしうしろで、岩壁にもたれかかった。

「八千代は邪霊に食われて死んだ。わかってるんだろ。いつもそうなんだから」

感情の削《そ》げた声で高良は言った。秋生はさびしげに微笑した。

「俺のかけた呪詛だ。その呪いで八千代は死んだ。八千代の前も、その前も……。俺を恨《うら》んで、呪えばいい」

秋生は微笑を浮かべたまま、かすかに首をふった。澪のほうに目を向ける。

「昔話をしまひょ。古い、古い話どす。はるか昔、海を渡ってこの国にやってきた一団のなかに、呪禁師《じゅごんし》がいました。それが千年蠱どす。帝《みかど》にも重用《ちょうよう》された彼の正体を見破ったのは麻績王《おみのおおきみ》どしたけど、息子ともども流罪《るざい》にならはった。一族もちりぢりに。そやけど、もちろんそれで終わりやあらしません。都に残った一族もおいやした。多気女王《たきのおおきみ》もそのひとりどす」

「多気女王？」

秋生は「麻績王の娘どした」とやわらかな声で答えた。

「千年蠱を倒せるんはこのひとだけやろう、と言われたおひとです。なんでか言うたら、多気女王は神を降《お》ろせる巫女《みこ》やったさかい……」

ぎくりとする。――神を降ろせる巫女。彼女は千年蠱を倒さんかった。彼女は千年蠱を

「でも、そうはならへんかった。彼女は千年蠱を倒さんかった。

……愛しました」

秋生はまっすぐ澪の瞳を見すえていた。清水のように透明で美しい瞳に澪はおののく。心のどこかで、彼の語る話を聞きたくない、と訴えていた。

「多気女王は一族の裏切り者となりました。そやさかい、一族は彼女もろとも千年蠱を葬《ほうむ》ろうと画策《かくさく》しました。ひとのいない土地に千年蠱と逃げたらええと多気女王をそそのかし、舟に乗せ、千年蠱には多気女王が彼を捨てて逃げたと告げたんどす。怒った千年蠱は多気女王を追いかけ、職神を使《つこ》て舟を沈めました」

ふいに寒気《さむけ》がして、澪は震えた。体を両腕で抱きしめ、うずくまる。息が浅くなる。背後で沈黙している高良が、不気味《ぶきみ》だった。

「千年蠱がわれを忘れて怒る隙をついて、一族の者たちは総出で彼を殺しました。息の絶える寸前、怒れる千年蠱は呪詛をかけます。彼の憎《にく》しみは多気女王に向けられました。彼はこう呪いをかけたのどす――千年蠱が生まれ変わるたびに多気女王もまた生まれ変わり、邪霊に食われて二十歳になる前に死ぬ、と」

知らず知らず、口からうめき声が洩《も》れていた。二十歳まで生きられない、という

何度も投げかけられた邪霊の嘲《あざけ》りが、頭のなかでこだまする。

「千年蠱はもともと古《いにしえ》の呪術師の呪術によって、死んでも生まれ変わって、永《えい》劫《ごう》、禍《わざわい》をなすことを定められた存在どす。多気女王は、生まれながら邪霊を引き寄せてしまわはる体質の持ち主どした。巫女ゆえに、神のみならず邪霊もまた惹《ひ》きつけてしまうんかもしれません。千年蠱と多気女王、このふたりは、生来、引き合う存在なのです。千年蠱は邪霊を糧《かて》とするんやさかい」

秋生は目を伏せた。

「……多気女王は生まれ変わるたび邪霊に苛《さいな》まれ、魂《たましい》を削《けず》られ、二十歳に満たず死んでゆきました。食われるというのは、そういうことどす。誤解とわかったあとも、多気女王にかけられた千年蠱の呪詛は解けんかった。わからはりますか、生まれ変わるたび、自らのかけた呪詛で愛した相手が死んでゆく姿を見なあかん、千年蠱の気持ちが……」

「やめろ」

高良が口を開いた。獣のうなるような声だった。高良はうずくまり、膝を抱《かか》えていた。

「千年蠱と違《ちご》て、多気女王の生まれ変わりには記憶が備わっていません。呪詛をかけた者と、かけられた者の違いなんかどうか、わかりません。千年蠱かて、呪術者によって呪詛に利用された者なんやさかい。……ほんでも不思議と、多気女王の生まれ変わりのひとびとは皆、記憶のないままに千年蠱に惹かれるようどす。恋に落ちる者もいました。八千代のように」

そこで、秋生はすこし笑った。やわらかさのない、乾《かわ》いた笑みだった。

「われわれ蠱師は千年蠱を殺すことはせず、監視するのみにとどめていました。殺したって、生まれ変わるのが早まるだけやさかい。そやけど、恋仲となるとべつどす。彼女は千年蠱に力を与えてしまう」

「……邪霊を引き寄せるから」

澪がつぶやくと、秋生はうなずいた。

「千年蠱と多気女王は、巡り会《お》うてはいかんのどす」

でも、と言いかけ、秋生は口を閉じる。薄暗い翳《かげ》がその顔に落ちた。澪は彼の顔を眺め、八千代と千年蠱に思いを馳《は》せた。

「ふたりが結託して禍をなそうとしたなら、災厄はとどまるところを知らん。呪詛で国ひとつ乱してつぶすくらいのことはできてしまう……奈良朝のころにそうなりかけたように。そう考えた蠱師たちは、ふたりを抹殺《まっさつ》しようと躍起《やっき》になりました。

とくに八千代の生家である忌部一族は」

　僕の家もそうどす、と秋生は言った。

「八千代は僕よりふたつ年下で、幼なじみで……僕は、八千代には弱かった。頼まれると、断れへんのどす」

　秋生はさびしげに笑った。

「僕は、ふたりを逃がそうとしました。昔と違《ちご》て、この国に隠れ住めるような場所はほとんどあらへん。それでも逃げおおせるとしたら、山どっしゃろ。山に隠れたら、あるいは……」

「それで、この山に入った？」

　秋生はうなずいた。「僕はおとりどした。ふたりは吉野《よしの》のほうに逃げるはずで……」

「俺は、八千代とは逃げなかった」

　高良がぽつりと言った。

「逃げつづけられるわけがない。だから八千代を置いて、俺はひとりで京都を出たんだ」

　それでいいと思っていた、と高良はかすれた声で言う。

「八千代は……」秋生がささやくように訊いた。訊きたくないような、訊かずにはいられないような声で。

「八千代は邪霊に食われて死んだ。忌部の連中は八千代を捕まえて、邪霊を閉じこめた結界《けっかい》のなかに放りこんだ。八千代は邪霊に食い荒らされて死んだ。――八千代を死なせたのは俺だ」

淡々《たんたん》と高良は話した。

「俺を呪えよ」

突き放すような、吐き捨てるような調子で高良は秋生に言い、うつむいた。

秋生はなにも言わず、たださびしげな瞳で高良をじっと見つめていた。澪は、邪霊に襲われるたびに助けに来る高良の心を思った。そうせずには、いられないのだ。多気女王の魂が食い荒らされる姿を、もう見たくはないから。

――わたしは……。

澪は、高良を呼びだすために邪霊に襲われようとした己《おのれ》を蹴ってやりたくなった。

「八千代は、言いだしたら聞かへんから……」

秋生は、歌うようなやわらかな声音《こわね》で、言った。

「そやろ。そやったやろ。どうしようもない。それも八千代やさかい。……生まれ変わっても忘れられへんていうのは、難儀やなあ……」

高良は顔をあげて、秋生を見た。

「ぜんぶ、忘れられたら楽やろうになあ……」

高良は、瞳をしばたたいた。

「俺は、忘れなくてよかったと思ってる」

その言葉に、澪は高良の——巫陽の歴史を見た。いったいどれだけの時間が、そこにこめられているのか。深く、それでいて軽《かろ》やかな言葉だった。

秋生は感嘆《かんたん》めいた息を吐いて、ほほえんだ。

「ひとつ、お願いがあるんやけど」

「俺に？」

「そや。僕の骨、ずっとここにあるんもどうかと思うさかい、どこかに埋葬してくれへんか。できれば、君のそばがええな。さびしないやろ」

高良はうなずいた。

「わかった。——成仏しろよ」

ははは、と笑って、秋生の姿は消えた。あたりが急に暗くなって、冷えた気がした。あとに残ったのは、白い骨だ。高良は近づくと、着ていたカーディガンを脱いでそこに骨を置いていった。カーディガンで骨を包んで、窟の外に出てゆく。「於《お》菟《と》」あの虎《とら》を呼ぶ。於菟は高良の目の前に現れた。高良はカーディガンの包みをくわえさせると、「八瀬の屋敷へ」と短く告げる。於菟は身を翻《ひるがえ》したと思うと、あっという間に木々のあいだに消えていった。

於菟の姿を見送って、高良は窟の前を離れる。澪はそのあとを追った。

「巫――」

陽、と呼ぶ前に、高良はふり返った。

「呪いを解きたいなら」

と、高良は言った。

「ひとつだけ方法がある」

「な――なに？」

「おまえが、俺を、殺すことだ」

風が吹き抜けた。腐った葉のにおいがする。木の葉が舞い落ちて、目の前をかすめた。まばたきをしたあとには、高良の姿は消えていた。

木の葉のなかに立ち尽くし、澪は高良の言ったことを反芻《はんすう》していた。

――わたしが、彼を……。

めまいがする。

クン、と鳴き声がして、澪はふり返る。窟の前に、狸がいた。

「照手……」

しゃがみこみ、手を伸ばすと、照手は駆けよってきた。澪の手をふんふんと嗅《か》いでいる。

「おまえ、置いてかれたの？　ついていかないの？　虎の脚には、追いつけなかったの？」

照手はつぶらな瞳をただ澪に向けた。

「……おまえ、わたしと来る？」

来ないだろう、と思いながら両手を広げると、意外にも照手は澪の手のなかに収まった。

「ほんとに？　わたしの職神になるの？　……わたしが八千代さんの生まれ変わりだから？　秋生さんの大事にした、八千代さんの……」

澪は照手を抱きあげ、その毛並みを撫でた。ごわごわしている。

――わたしは、誰なんだろう……。

多気女王、忌部八千代、すこしも覚えていない名前たち。足もとがおぼつかない。

「わたしは……」

風が落ち葉を巻きあげ、通り過ぎていった。

＊

八瀬の木々は紅《あか》く色づいてきていた。それも闇夜《やみよ》のなかでは、ただ青黒く沈んで見えるだけだ。

「……成仏しろと言っただろ」

庭先に佇《たたず》み、高良は隣をちらりと見た。

「それは、自分でもどうにもならんみたいやな」

秋生が笑っている。高良は彼の骨を庭に埋めた。これで成仏すると思ったのだが。

「君が心配なせいかもしれん」

「馬鹿言え」

「八瀬もええ眺めやなあ」

幽霊はのんきに笑い、星を眺めている。

「……あの子が君を殺してくれるとええな」

秋生が言う。それだけが高良の望みだと、秋生は知っている。

終わらせてほしい。殺してほしい。多気の生まれ変わりを見つけるたび、そう願っている。

「そうだな」

高良は夜空を見あげた。ちりばめられた細かな星が、冴《さ》えざえとまたたいている。

火の宮

「麻績《おみ》さん」

通学路を歩いている途中、澪《みお》は声をかけられた。

ふり向くと、おなじクラスの少女がいた。たしか、藤瑞穂《ふじみずほ》といった。細面《ほそおもて》の、上品な顔立ちの少女だ。肩までのまっすぐな髪が、つややかで美しい。

「ちょっと、話、聞いてくれへん……?」

おずおずと、瑞穂はそう切りだした。

「話?　なに?」

「うん……あの、相談というか……」

「相談?」

わたしに?　と澪は目をみはる。なぜ。

うん、と言って瑞穂は歩きだし、

「うちは、山科《やましな》の梛辻《なぎつじ》に家があるんやけどな……」

ひとりで話しはじめた。しかたないので、澪は彼女の隣を歩き、耳を傾ける。

「古い家なんよ。山科の郷士《ごうし》で、庄屋やったとかで……ほんまかどうか知らんけど、室町《むろまち》時代からつづいてる家やて……そやから、古いしきたりが残ってたりして」

瑞穂は自信なさげに、訥々《とつとつ》としゃべる少女だった。

「ほんでな、言い伝えがあるんよ」

「言い伝え?」

うん、と瑞穂はうなずく。

「うちからお嫁に行くときは、身代わりのヒトガタを置いてかなあかんていう……。そうせんと、祟《たた》りがあるからって。昔、うちにお嫁に来たひとの呪《のろ》いなんやって……」

「へえ……」

瑞穂はどこか古風な佇《たたず》まいがあり、その口からヒトガタだの祟りだのといった古めかしい言葉が出てくるのが、妙に似つかわしくもあった。

――でも、どうしてこんな話をわたしにするのだろう。

だいたい、相談をされるような間柄《あいだがら》でもない。

「それで、相談って?」

「うん」と瑞穂はうなずき、しばらく黙っていた。どう言っていいのか、迷っているような様子だった。

「その……お嫁さんの呪いってな、昔、お嫁さんが家に火ィつけて、家族を道連れにして焼け死んだ呪いなんやって。ヒトガタを置いてかんと、火難《かなん》に遭《あ》うんやって……。わたし、姉がひとりいるんやけど、ちょっと歳《とし》の離れた……その姉が、こないだ、結婚したんよ」

「それは、おめでとう」

うん……、と瑞穂は言ったが、表情は冴《さ》えない。

「……ほんでな、ヒトガタを用意せなあかんやん？　祖母はそういうのうるさいひとやから、ちゃんと用意しようとしてたんやけど……ヒトガタって、半紙をな、切って作るんよ。べつに、ふつうに祖母が鋏《はさみ》でちょきちょきって切るだけ……そやから姉が、そんなん、なんの意味があるん、って笑って、本気にせんかったの。それで、ヒトガタを捨ててしもて。ほんでな……」

瑞穂の口調《くちょう》はゆったりとして、丸っこい感じがする。聞いていると、なんとなく、のどかな気分になる。が、それもつぎの言葉で吹き飛んだ。

「姉が新居で料理してたら、とつぜん火が噴《ふ》きあがって、火事になってしもてん」

ふう、と瑞穂は息を吐《は》いた。顔に憂《うれ》いの翳《かげ》がさす。

「火事はキッチンの壁《かべ》ちょっと焦《こ》がしたくらいですんだんやけど、姉はな、顔や手にやけどしてしもて……そんなひどいやけどと違うから、ちゃんときれいに治るみたいなんやけど、でも、不安やねんな、落ちこんではって……」

「それは……、たいへんだったね」

そう言うほか、言葉が見つからない。

瑞穂は、澪のほうに顔を向けた。

「麻績さん、助けてくれはらへん？」

唐突《とうとつ》な請願に、澪は「へっ？」と声をあげた。

「なんで、わたしに」

「麻績さん家《ち》って、そういうお仕事してはるんやろ？　長野から麻績さんて子が転校してきはった、て言うたら、祖母が『神麻績《かんおみ》神社の麻績さんか』て……。麻績さんのお家、神社やろ？　祖母は昔からちょっと知ってたみたい。麻績さん家の親戚に、忌部《いんべ》さんていやはるん？　そのお家とつきあいがあったみたいで……」

「え、忌部の家と？」

「そやねん。でも、忌部さんとこは、『もうあかん』て言わはるんやわ、祖母が。なんや、もう本家がないんやって？　そやから、麻績さんに頼もて……」

「頼むって、なにを」

「そやから、うちの呪いを解いてほしいねん」

澪は、瑞穂の顔をじっと見つめた。彼女の表情は、真剣そのものだった。

「ほんで、なんで僕《ぼく》なん？」

くれなゐ荘の居間《いま》に寝転《ねころ》がり、本を読んでいた八尋《やひろ》は、澪の話を聞き終えて、まずそう言った。

「だって、麻生田《おうだ》さんなら適任かと思って」

「いやなんで」

「旧家だし、金払いもよさそうだし」

澪は、瑞穂に八尋を紹介することにしたのである。澪は蠱師《まじないし》ではないので、頼むなら麻績村の伯父《おじ》に頼まなくてはならないが、なにせ遠い。八尋に頼めば早いと思ったのだ。それに、瑞穂の家の祟りは八尋の好みに合いそうに思った。

「まあ、たしかに興味深いけども」

八尋は本を閉じて、起きあがる。髪はあいかわらずぼさぼさだ。

「山科は、歴史が古いで。三方を山に囲まれた盆地でな、縄文《じょうもん》時代から集落があったんや。中臣鎌足《なかとみのかまたり》のおったとこでもあるし——中臣鎌足はわかる？　天智《てんじ》天皇の側近。その天智天皇の御陵《みささぎ》もある。政争に敗れた者の隠遁地《いんとんち》でもあって、まあ、言うたらロマンがあるわな」

「はあ」

「山科郷士やったて言うた？　禁裏警固役《きんりけいごやく》の家柄やな。室町時代からの家で、栁辻やったら……うーん、あの辺は領主が入り混じっとるから、ようわからんけど、山科家が領主やろか」

八尋は頭をかきながら、ぶつぶつとつぶやいている。「まあ、古い家には違いないな」

そう言って、にんまりと笑った。

「ええよ。引き受けたるわ」

澪はほっとして、頭をさげた。「よろしくお願いします」

「火ィつけて焼け死んだ嫁の祟りいうのは、さすがにぞっとするけどな。なんやろな、もうちょっとなんかあるやろな」

「もうちょっと？」

「うん。——お、照手《てるて》」

八尋が縁側に顔を向け、手招きする。開いた障子《しょうじ》の陰から、照手が顔をのぞかせていた。この職神《しきがみ》は、澪が呼ばずとも勝手に姿を現し、家のなかをうろついている。玉青《たまお》をはじめ、くれなゐ荘の面々にかわいがられているようだった。

照手は八尋に呼ばれても居間に入ってくることはなく、ガラス戸の向こうにある庭に鼻先を向ける。庭はちょうど紅葉の盛りで、一面、火焔《かえん》が燃えあがっているかのようだった。

澪は立ちあがり、縁側に出てガラス戸を開ける。澄んだ細い風が一陣、頬《ほお》をかすめていった。沓脱石《くつぬぎいし》に置かれたサンダルをつっかけて、庭におりる。照手がそのあとをついてきた。楓《かえで》、満天星《どうだんつつじ》、錦木《にしきぎ》……綴《つづ》れ織《お》りのような、濃厚な緋色《ひいろ》の葉のなかに身を置くと、火に囲まれているように思えてくる。風と紅《くれない》が一体となって、澪を取り囲んでいる。目を閉じると、冷ややかな紅の渦《うず》に呑《の》まれてゆく気がした。澪の体は渦のなかに消えてゆく。目を開けると、照手が楓の落ち葉のにおいをふんふんと嗅《か》いでいた。澪はしゃがみこんで、照手の背中を撫《な》でた。

——ときどき、わからなくなる。自分が誰なのだか。

滔々《とうとう》たる時の流れに呑みこまれて、『澪』という個はいなくなってしまう。そんな感覚が消えない。

澪は楓の葉を拾いあげる。青空にかざすと、深い紅がよく映《は》えた。

八尋に頼んだことで、澪はすっかり肩の荷がおりた気になっていた。なんといっても、八尋はプロの蠱師である。うまくやってくれるだろうと思っていた。

――が。

「あかん、って……」

八尋は藤家から帰ってきた。

「あれは、あかんわ」

苦《にが》い薬を口に押しこまれたような顔をして、八尋は藤家から帰ってきた。

「あかん、って……」

居間で玉青が焼いてくれた焼き芋《いも》を食べていたところだった澪は、訊《き》き返した。

「僕も焼き芋食べたい」と八尋が言うので、澪は芋を半分に割ってさしだす。そばに置いてあるポットから急須《きゅうす》に湯を足して、お茶も淹《い》れてやった。出がらしだが。

「最近の焼き芋はうまいな。僕が子供のころは、こんなねっとりして甘い焼き芋なんかなかったわ」

八尋は感嘆《かんたん》ともぼやきともつかないような調子で言って、芋にかじりついている。黄金色《こがねいろ》の芋は蜜《みつ》でつやつやとして、焦《こ》げ目はカラメルみたいに香《こう》ばしい。たしかにおいしいが、聞きたいのはそういうことではない。

「あかん、って、どういうことですか？　藤さん家のことですよね」

「そや。あの家はな、聞いてたとおり、山科郷士の家でな……郷士て、村人のなかでも苗字帯刀《みようじたいとう》を許された特権階級のことな、そういう家柄なんや。藤家は中臣一族の末裔《まつえい》とかいう話もあるみたいやけど、そっちは眉唾《まゆつば》やて冴子《さえこ》さん……藤家のおばあさんな、このひとが言うとったわ」

うちは応仁《おうにん》のころに山科のべつの土地から椥辻に移ってきたようです——と、冴子は語ったという。

「あの辺は、中世のころまでは山科家の領地でな。この山科家ていうのは、公家《くげ》や。公家やから、勤めさきは宮中なわけで、いろいろとお役目がある。そのうちのひとつが禁裏警固役やったんやけど、これが山科の郷民に任されるようになった。山科郷士は、内裏《だいり》の警備係を務めるようになったわけや。で、近世になったら山科は禁裏御料《ごりよう》になる。つまり、領主が天皇になった」

わかる？　と八尋は澪に確認する。

「天皇の治める土地に住んどって、内裏の護衛をやっとるわけやから、やっぱりとくべつやわな。それがことのはじまりやったそうや」

特権階級である郷士と、そうなれない村人のあいだで、軋轢《あつれき》が生じたのである。享保《きようほう》のころのことだそうだ。土地を買ってよそから移り住み、力をつけてきた新興の百姓たちが、自分たちも郷士と同格であると主張しだしたのだという。

結局この主張は認められなかったが、一度湧《わ》いた旧来制度への疑問というのは、消えないものである。椥辻村では、村役人が郷士に独占されることに不満が出て、改められた。

藤家にその娘が嫁入りしたのは、そうしたころである。娘は新興百姓の親戚筋から迎えられた。いわば、軋轢をやわらげるための嫁娶《かしゅ》だった。

結果として、この嫁取りはうまくいかなかった。反目《はんもく》している家の縁者ゆえか、洛中《らくちゅう》の出の垢抜《あかぬ》けた雰囲気が気にくわなかったのか、姑《しゅうとめ》や小姑《こじゅうと》がこの嫁を毛嫌《けぎら》いしたのだ。ただひとつ、『火の宮』という言葉以外は。

いったいどんな仕打ちをしたのか、詳《くわ》しくは伝わっていない。ただひとつ、『火の宮』という言葉以外は。


「火の宮？」

ここまで話を聞いて、澪は口を挟《はさ》んだ。

「禁裏警固役の家やから、そういう言葉が出てくるんやろな。『火の宮』ていうのは、尊子内親王《そんしないしんのう》につけられたあだ名や。尊子内親王は、賀茂斎院《かものさいいん》やったひとな。斎院は、まあ伊勢《いせ》の斎宮《さいぐう》の京都版というか。賀茂社に仕《つか》えた尊貴な巫女《みこ》さんやな。尊子は斎院を退下《たいげ》してから円融《えんゆう》天皇の後宮《こうきゅう》に入内《じゅだい》して、女御《にょうご》になったひとでもある。不運なひとでな、入内のひと月後に内裏が焼けた」

「焼けた……」

「そのせいで、『火の宮』ていうあだ名をつけられたんや」

うわあ、と澪は思った。

「藤さん家の話の、『火の宮』っていうのは……」

「藤家でも、そのお嫁さんが嫁入りしてきたすぐあとぐらいに、小火《ぼや》騒ぎがあったんや。竈《かまど》の火の不始末が原因やったそうやけど」

「それで、お嫁さんも『火の宮』って呼ばれたんですか」

「そう。姑と小姑にさんざんいびられたみたいやな」

その詳細を、言い伝えは語らない。だが、結果として伝わるのは悲惨な事実である。

一年後、嫁は身籠《みご》もった子を流産したあと、屋敷に火をつけて家族全員を道連れに、焼け死んだ。

「家族全員……夫も？」

「舅《しゅうと》、姑、小姑、夫、お嫁さんの五人やな。――もちろん、これで終わりやない」

藤家は、分家した次男が戻ってきて跡を継いだ。焼け死んだ嫁の恨《うら》みの深さを思い知るのは、それからだった。

嫁入りした次男の娘が、焼け死んだのである。竈の火が小袖《こそで》に燃え移ったそうだ。

つぎの代にも、嫁入りした娘は焼け死んだ。この代に娘は三人いたが、そのうちのふたりが、嫁《とつ》いですぐに焼死している。

さすがに当主は死霊《しりょう》の祟りを考えずにはいられなかった。三人目も死なせるわけにはいかない。家の敷地に祠《ほこら》を建てて、その嫁を祀《まつ》った。蠱師にも頼った。

「え、蠱師にも？」

「そうなんや」と八尋はうなずく。「藤家が忌部の家とつきあいができるんが、このときなんや。藤家は忌部の蠱師にどうにかしてくれと依頼した。ほんで、ヒトガタや」

ヒトガタを身代わりにすることを提案したのは、忌部の蠱師だった。それに従い、三人目の娘が嫁入りすると、何事も起こらなかった。代わりに、家に置いてきたヒトガタが燃えあがったという。

「それ以来、藤家では娘が嫁入りするさいには、必ずヒトガタを用意することになっとる。と、こういう話や」

「はあ……」澪は話を頭のなかで反芻《はんすう》する。「でも、それで、なにが『あかん』のですか？」

八尋はひとさし指を立てた。

「変やと思わへんかった？」

「え？」

「忌部の蠱師や。当時の忌部いうたら最盛期、優秀な蠱師がそろっとったはずやで。それが、こう言うたらなんやけど、たかが娘ひとりの祟りを祓《はら》えず、ヒトガタを身代わりにするしかなかった、ていうのが腑《ふ》に落ちへん。身代わりを使うのは、そうするしか方法がないときや」

そういうものなのか。

「なんでやろ、と思て祠を見にいったわけやけど」

嫁を祀った祠である。

「祠にな、巣くっとるんやわ。嫁の呪詛《じゅそ》が」

八尋は、その光景を思い出すような遠い目をした。

「呪詛？」

「そう、呪詛や、あれは。恨みとか、祟りとか、自然発生的なもんやない。明確な意思で行われた呪詛や。間違いない――その嫁ていうのは、蠱師の端《はし》くれや」

当時、京都には忌部のほかにいくつかの蠱師の家があった、と八尋は言う。

「もう廃《すた》れてしもて、あらへんけど。そのうちのひとつやろ。――嫁は自分と婚家の人間の命を使《つこ》て、呪詛をかけたんや。藤家から嫁に行く娘すべてに、呪詛を」

婚家で焼け死ね、という。

澪は、背筋《せすじ》に鳥肌《とりはだ》が立った。どれほどの憎《にく》しみがあれば、顔も知らぬ先々の娘まで呪えるのだろう。

「五人の命を使た呪詛やで。古い呪詛やろう、どういう呪詛か、僕にもわからん。たぶん、当時でも古い呪詛やったんと違うやろか。そやから、忌部も手出しができんかった。身代わりを作るくらいが関の山やった。僕もどうにもできん」

『あかん』というのは、そういう意味か。

「そんな……」

瑞穂になんと言えばいいのか、と思う。

「ヒトガタを作りつづけとったら、大事には至らん。つづけるしかない。いつか呪詛の効力が失われるまで」

「それって、いつですか」

「わからへん」

きっぱりと八尋が言うので、澪は肩を落とした。

――呪詛というのは、そういうものなのだ。

呪いを解くのは、並大抵のことではできない。そういうことだろう。

澪の脳裏《のうり》に、高良《たから》の声がよみがえる。

——呪いを解きたいなら、ひとつだけ方法がある。

——おまえが、俺《おれ》を、殺すことだ。

翌日、教室の片隅《かたすみ》で瑞穂にわけを話すと、

「お祖母《ばあ》ちゃんから聞いてる」

と言って、力なく笑った。

「プロのひとがそう言わはるんやったら、しゃあないわ」

「力になれなくて、ごめんね……」

「ううん、全然。ヒトガタを用意すればいいだけなんやし。お姉ちゃんも、そうしたらええだけやったんよ」

困ったように笑い、「気にせんといて」と言った。

——でも、呪いなんて、ないにこしたことはない。

呪いに縛《しば》られることがどれだけ苦しいか、澪にだって、よくわかる。どうにもできないことに歯嚙《はが》みした。

「どうかしたん?」

力なく席に戻った澪に、隣の席の茉奈《まな》が声をかける。

「ううん、その……神社関係のことで、ちょっと頼まれごとをしてたんだけど、力になれなくて」

『神社関係』という驚くほどアバウトな説明でも、茉奈は「ふうん、そっか」と言っただけで、それ以上突っ込んではこなかった。茉奈は、言いづらいことをよく察してくれる。

「澪ちゃん、冬休みに入ったら帰省《きせい》するんやろ？」

「うん」澪に対する呼称は、『麻績さん』から『澪ちゃん』に進歩した。

「それやったら、その前にクリスマスパーティしよ」

「クリスマス……パーティ……」

「あ、神社のひとって、そんなんやったらあかんかったりする？」

そんなわけはない。「ううん」と首をふる。

「ほな、しよ。うちでしよ。言うてもほかに呼ぶひといいひんから、あたしと澪ちゃんと、うちの犬で」

「犬」

「コーギー。かわいいで。あと弟と妹な」

そういうわけで澪は茉奈の家に招かれることになり、当日、家に行く前にふたりで河原町《かわらまち》にくりだした。おたがいに贈るプレゼントを買うためだ。雑貨店でプレゼントを買ったあと、澪たちはお茶でも飲もうと、四条通《しじょうどおり》を歩いていた。

その雑踏《ざっとう》のなかで、凪《なぎ》高良を見た。

休日だから、四条通の歩道は混雑していた。高良は向かいのほうから歩いてきた。澪のほうを見てはいなかった。やはり制服姿で、これも学校指定なのか、ネイビーのダッフルコートを着ていた。あいかわらず、ひとりだった。澪は声をかけようとしたが、人波に押されて、断念した。ただすれ違っただけだった。

「澪ちゃん？　知り合いでもいた？」

茉奈がふり返る。

「ううん……」

澪はかぶりをふって、前を向く。彼も街中《まちなか》を歩いたりするのだな、と思った。

――なにを思いながら、歩いているのだろう。

彼は何度、似たような人混みのなかを歩いてきたのだろう。

忘れていることと、覚えていること、どちらがより酷《むご》いのか、澪にはまだ、わからない。忘れているほうが、幸せにも思える。でも、千年蠱《せんねんこ》の苦しみを、知ってみたくもあるのだった。

聖《ひじり》高原《こうげん》駅に降り立った澪を迎えたのは、漣《れん》だった。あたたかそうなダウンジャケットのポケットに手を突っ込み、不機嫌《ふきげん》そうな顔で出迎える。いやなら迎えに来なければいいのに、と澪は思う。

「母さんがクリスマスケーキ予約してあるから、ついでに受けとってこいってさ」

白い息を吐きながら言って、澪の手から旅行鞄《かばん》を奪い、歩きだす。

「冬休みいっぱい、こっちにいるんだろ？　年越しは手伝えよ」

麻績家は神社なので、大晦日《おおみそか》から正月にかけて、神事と参拝客の対応で休みなしなのである。小さな神社だから、参拝客といっても近所の氏子《うじこ》たちだけだが。

「わかってるよ」

洋菓子店に寄ってケーキを受けとり、家路につく。神社でもクリスマスケーキくらいは食べるのである。子供のころから変わらない、イチゴのショートケーキだ。今風のこじゃれたケーキではなく、サンタクロースのマジパンとホワイトチョコレートのプレートがのった、いかにもクリスマスなケーキだった。サンタのマジパンはいつも澪に与えられた。伯母《おば》の気遣《きづか》いだったが、甘いだけのそれが澪は苦手《にがて》だった。

「写真のこと、伯父さんに訊いた？」

四方に田んぼが広がる細道を歩きながら、澪は尋《たず》ねた。吹きっさらしなので、冷たい風で耳が痛い。遠くに見える山々の峰《みね》は、すっかり雪をかぶっていた。薄曇りの空は鈍《にぶ》い色をしている。

「……教えてくれなかった」

漣はムスッとした顔で答える。だから機嫌が悪いのだろうか。

写真のことというのはもちろん、澪とうりふたつの顔をした、八千代《やちよ》の写真についてである。漣はどういうことなのか伯父に訊くと言って、帰っていったのだ。

「おまえはわかってるのか？」

澪は答えず、洟《はな》をすすりあげた。伯父が言わないものを澪が言ってしまったら、きっと叱《しか》られる。

「おい」

「伯父さんに訊いてよ。――漣兄《にい》、受験勉強はどうなの？」

あからさまに話題を変えると、漣は顔をしかめた。

「どうもない。いまさら勉強することなんかないし」

余裕である。

「がんばってね」

「うるさい」

なぜ応援して怒られるのか。漣はぴりぴりしているが、受験を控えているからではないだろう。

「父さんとおまえ、よく似てるよ。秘密主義だ」

「漣兄だって、そうでしょ」

「俺は隠し事なんか――」

「わたしの両親のことも？」

漣は黙る。澪は、戸籍上の両親――つまり叔父《おじ》夫婦について、澪の知らないことを漣は知っていると感じている。根拠はない。でも、そんな気が昔からずっとしている。

そのままふたりとも黙りこみ、玄関の戸を開けて「ただいま」と言うまで、口を開かなかった。

「あらなに、ケンカでもした？」

伯母は帰ってきた澪と漣を見比べて、まずそう言った。

「べつに」とぶっきらぼうに言って、漣はさっさと自室に引っ込んだ。澪はケーキの箱を冷蔵庫にしまって、旅行鞄からおみやげをとりだす。定番の八ッ橋である。

麻績家は皆、中身になにも入ってない生八ッ橋が好きだ。

「玉青さんが、伯母さんの野沢菜漬《のざわなづ》け、喜んでたよ」

「そう？　よかった。今年もたくさん漬けたから、京都に戻るとき持っていってね」

うん、と答えつつ、澪は台所から居間のほうをのぞく。

「伯父さんは、社務所？」

「そうだけど、用事？」

「帰ってきたあいさつしてくる」

まだ澪と話したそうな伯母に気づかぬふりをして、澪は勝手口から外に出る。ぐるりと家を回って、神社のほうに向かう。社務所の引き戸を開けると、部屋の真ん中にストーブが据《す》えられて、その上に置かれたやかんから湯気《ゆげ》が立っていた。奥にあるテーブルで伯父が初詣《はつもうで》用の破魔矢《はまや》を整理している。隅には絵馬《えま》の収められた段ボール箱もある。こういう光景を見ると、お正月だなという気分になった。

「ただいま」と声をかけると、伯父はちらと顔をあげて、「おかえり」と言っただけで、また破魔矢に目を戻した。澪は壁際《かべぎわ》からパイプ椅子《いす》を持ってきて、ストーブの前に座る。伯父は視線をあげず、『どうかしたか』とも訊かない。澪は焦《じ》れて、自分から口を開いた。

「わたしが京都に行くのを反対してたのは、凪高良と会って親しくなると困るからだったんだね」

伯父の表情は変わらない。

「もしわたしが彼と恋に落ちたら、わたしも忌部八千代さんみたいに殺されるの？」

伯父の表情が険《けわ》しくなった。鋭《するど》い視線を向けられて、澪は気圧《けお》される。「も……もしもの話で、そんなこと、全然ないけど」

「……そうだ」

長い沈黙のあと、伯父はそう言って、深いため息をついた。

「それが蠱師の決まりだ。とりわけ多気女王《たきのおおきみ》の生まれ変わりを抱《かか》えた一族の責任は重い。かつては赤子《あかご》のときに殺していたこともあった。いまでもそうすべきだと主張する者もいる」

澪は青ざめた。ひとつ違えば、澪は赤ん坊のときに死んでいた。

「おまえは、自分で思っているよりもずっと、危《あや》ういところに身を置いているんだ」

自覚してくれ、と伯父はめずらしく懇願《こんがん》するように言った。いや、めずらしく、ではなく、はじめてかもしれない。

「千年蠱には会うな。邪霊《じゃれい》も、神使いで散らすだけにとどめておきなさい」

「でも、わたし――」

自由自在とはいかないが、それでも雪丸《ゆきまる》を通じて、神を降《お》ろせるのだ。だが、伯父はそれを否定した。

「神降ろしは、できるかぎり避《さ》けるんだ。あれは心身への負担が大きい。おまえの身を削《けず》る」

――そんな。

澪は、神降ろしによって邪霊が祓われたあと、寝込んだことを思い出した。

――それじゃあ、邪霊と変わらない……。

邪霊を祓っても、祓わなくても、澪の心身は蝕《むしば》まれるのだろうか。

「長野から出るんじゃないと、もっと厳しく注意しておくべきだった。私の落ち度だ。もしこれでおまえが死ぬようなことになったら……」

伯父は暗い目をした。

「満《みつる》と祥子《しょうこ》さんに詫《わ》びようがない」

それは、伯父の弟夫婦――澪の戸籍上の両親の名だった。

澪は、伯父の顔を見つめた。

「わたしを押しつけたから？」

伯父は顔をあげて、ようやく澪を見た。

「赤ん坊だったわたしを押しつけて、でも、死んでしまったから？」

おぼろげに、もしかしたら、と思っていたことがある。

「お父さんたちは、わたしのせいで事故に遭って死んだんじゃないの？」

「澪」

子供のころから澪は邪霊に苛《さいな》まれていた。襲《おそ》われ、呪いの言葉を吐きかけられ、そのせいでしょっちゅう寝込んだ。両親が交通事故に遭ったのも、邪霊に襲われたせいなのではないか。

「それは違う」伯父はきっぱりと言った。「あのとき満たちの車に、おまえは乗ってなかった。事故も、右折しようとした対向車の不注意だったんだ」

あまりにもきっぱりとした言いように、澪はかえって疑念を抱《いだ》く。

「わたしを置いて、お父さんたちだけで出かけてたの？　わたしはどこにいたの？」

「それは……」伯父は口ごもる。澪はたたみかけるように問いを重ねた。

「どうして、わたしをあげたの？　厄介払《やっかいばら》いをしたかったの？」

「なにを馬鹿な」

「わたしを弟夫婦に押しつけて、でも死んでしまったから、うしろめたいんじゃないの？」

こんなたたきつけるような言葉を、伯父にぶつけたことはない。だが、澪はずっと訊きたかったのだ。どうして自分を手放したのか、その理由を。

伯父は沈黙し、眉をひそめて己《おのれ》の手を見つめていた。

「……あのときの選択が間違いだったとは、いまでも思っていない。あれが最善だった。おまえが宝珠《ほうじゅ》を握りしめて生まれてきたとき――」

「宝珠？」

「神使いの依《よ》り代《しろ》だ。ほんの小さな玉の粒《つぶ》なんだが……守り袋に入ってるものだ」

そうだったのか、と澪はジーンズのポケットを押さえた。そこに守り袋が入っている。

「多気女王の生まれ変わりは、それを必ず手に握って生まれてくる。妊娠中から邪霊が引き寄せられてくるから、まずそのときから生まれ変わりを疑う。それでも、宝珠を見るまではなかなか信じられるものじゃない。だが――」

澪は宝珠を握って生まれた。

「そのときに、覚悟を決めた。それまでにも、皆で話し合いを重ねてきた」

「なにを……」

「おまえをどうしたらいいか。どうするのがいちばん安全か。……私は、おまえを蠱師の生活から引き離したほうがいいと思った。そうすれば千年蠱と接触することもないだろうし、穏やかに暮らせるだろうと」

そこで、澪を託された満夫婦は山奥の僻地《へきち》に移り住んだのだという。そういう地では、邪霊もすくない。

「――それでもおまえはここに戻ってきて、京都に行き、千年蠱と巡《めぐ》り会った」

伯父の眉間《みけん》に皺《しわ》が刻《きざ》まれ、苦悩の翳が濃くなった。

「何度も、何度も……蠱師の一族は、この苦しみに翻弄《ほんろう》されてきた。これこそ千年蠱がわれわれに与えた呪いだ」

伯父の声には、千年蠱への憎しみがにじんでいる。

澪は、どうしてだろう、と考えていた。――どうしてわたしは、彼を憎いと思わないのだろう。

自分の呪いが、千年蠱によるものだとわかったいまでさえ。

「澪、麻績村に戻ってこい。おまえはこれ以上、京都にいるべきじゃない」

伯父の言葉に、澪はゆっくりと首をふった。伯父は、顔に落胆《らくたん》とあきらめの色を見せた。おそらく、澪の答えをわかっていた。

澪はパイプ椅子をたたんで隅《すみ》に戻し、社務所を出た。家のほうには戻らず、鳥居《とりい》のほうに向かう。鳥居の下に立ち、遠くに見える山を眺《なが》めた。さきほどよりも雲は厚く、低く垂《た》れこめ、いまにも雪を降らせそうだった。

足音が聞こえて、ふり返る。漣だった。

「……ごま油、買い忘れてたから、買ってこいってさ」

おまえも行くか、と訊かれて、うなずいた。

鳥居をくぐり、田んぼ道を並んで歩く。

「おまえは覚えてないんだろうけど」

ダウンジャケットのポケットに手を突っ込み、漣はつまらなそうに足もとを眺めている。

「俺はわりと覚えてる」

「……なにを？」

「叔父さんたちが事故に遭ったとき」

「え」

澪は思わず漣の顔を見あげた。

「……もしかして、さっき、わたしと伯父さんが話してたの聞いてた？」

漣は答えず、言葉をつづけた。

「おまえ、俺たちといっしょにいたんだよ」

「え……」澪は眉をひそめる。どういうことだ。

「『俺たち』って、誰」

「だから、俺と父さんと母さん。ときどき、おまえん家を訪ねてた。あくまでも親戚って体《てい》で」

覚えていない。両親が死んだとき二歳だったのだから、無理もないか。

「あの日もおまえん家に行ってた。叔父さんたちは、昼食の買い出しに出かけたんだ。たぶん、父さんたちに気を遣《つか》ったんだと思う。すこしの時間だけでも、おまえと水入らずで過ごせるように」

「それで……事故に？」

漣はうなずいた。

「父さんも母さんも、すごく自分を責めてたよ。買い出しになんて行かせなければ、あの日訪ねなければ、って。ちょっとの差なんだよな、あと五分早く出てれば、もしくは遅く出てたら、事故になんか遭わなかったのに。……だから、ふたりはうしろめたいんだよ。おまえを託しておいてさ、のこのこ会いに行って、叔父さんたちを死なせたんだから……」

だから、正面から自分たちが父母だとは名乗れないのだ。

澪は足をとめ、空を見あげた。薄い雪片《せっぺん》がひとつ、ふたつ、と落ちてくる。雲の様子からすると、雪はひと晩降りつづいて、あたり一面、真っ白にするだろう。

「どうしてその話、わたしに教えてくれるの」

伯父が口にしなかった話である。漣は、道に転がる石を蹴飛《けと》ばした。

「おまえが、なんにも知らないでいるのが腹立ったからだよ。大事にされてるくせに」

漣は苛立《いらだ》ったように言った。澪の心も波立つ。

「だったら、わたしと代わってよ」

漣が澪をにらみつけた。

「自分だけがかわいそうだと思うなよ」

「かわいそうだなんて思ってない」

澪も漣をにらみ返す。

「おまえもう帰れよ」

「おまえも行くかって誘ったの、そっちでしょ」

「お――」漣が言いかけ、ちらと目をうしろに向けた。あ、と澪も気づく。焦げくさい、いやなにおい。漣は舌打《したう》ちして、澪の手をつかむ。

「走るぞ。ごま油は買って帰らないと」

漣が駆けだす。手を引かれて、澪も走る。子供のころからどれだけ、こうしていっしょに走っただろう。そのたびに思う。

漣は走る必要がないのだ。走らせているのは、澪なのだ。

これまでも、これからも、漣が澪のために失い、奪われるものに思いを馳《は》せる。息が苦しい。苛立ちとかなしみがぐちゃぐちゃに混ざりあって、胸のなかでふくれあがっている。

「馬鹿。泣くなよ」

漣が前を向いたまま、ふり返りもせずに言う。洟をすすりあげて、澪は、「泣いてないよ」と言った。

雪がいつのまにか、牡丹雪《ぼたんゆき》に変わっている。焦げくさいにおいは、消えていた。

冬休みもあと二日を残したところで、澪は京都に戻った。名古屋から新幹線に乗った澪は、途中、滋賀《しが》のあたりで雪が積もっているのを見たので、京都も雪だろうか、と思った。が、京都の市街地に入ると、雪などひとかけらもない、すっきりとした青空に出迎えられた。

くれなゐ荘では、

「麻績さんとこは、おせち作らはらへんて聞いたから」

と、玉青がおせちを作ってくれていた。黒豆に栗《くり》きんとん、紅白なます、お煮しめ……お重《じゅう》につめられた料理に澪は感嘆する。玉青の言うとおり、麻績家でおせちは用意しない。それどころではないからである。大晦日は夜通し、神社の境内《けいだい》で火を焚《た》いて参拝客にお神酒《みき》をふるまい、破魔矢やらおみくじやらを授け、そんなことがおおよそ三が日までつづく。ゆっくりおせちをつつく暇《ひま》などない。かろうじて雑《ぞう》煮《に》は食べる。

「ありがとうございます」

礼を言って、箸《はし》をとる。つややかな黒豆に黄金色の栗きんとんと、お重のなかが輝いて見える。澪がいちばん気に入ったのは、田作りだった。京都では『ごまめ』と呼ぶそうだ。甘辛《あまから》くて、香ばしくて、おいしい。冬に入って居間にはこたつが出されたので、ぬくぬくしつつおいしいものを食べられるというのは、至福《しふく》である。

その電話がかかってきたのは、みかんを食べているときだった。

「澪ちゃん、電話やで」

　くれなゐ荘には、固定電話がある。しかしそこに澪相手に電話をかけてくるひとといったら、誰だろう。麻績家の面々にしろ友人にしろ、携帯電話に連絡してくるはずだが。

「誰からですか？」

「クラスメイトの藤瑞穂さんやて」

　澪はあわてて台所にある電話に向かった。受話器をとると、瑞穂の遠慮がちな声が聞こえてくる。

「ごめんな、電話なんかして……いま大丈夫やった？」

「うん。どうしたの？」

　瑞穂はためらうように沈黙する。冬休み中に、わざわざ下宿先に電話をかけてくるなど、よほどだろうと思った。

「あんな……やっぱり、助けてもらえへんやろか……」

「え？　助けるって」

「や……焼け死ぬところやったんよ」

　瑞穂の声は、震えていた。

「お姉ちゃん。火がついて……すぐ消したから、たいしたことなかったけど、でも」

「落ち着いて。お姉さんがまた火事に遭ったの？」

何度か呼吸をくり返して、瑞穂は「うん」と答えた。

「うちにある祠をな、お姉ちゃん、壊《こわ》そうとして……ほら、あれに憑《つ》いてるって話やったやろ？　それやったら、壊してしまえばええて言うて」

――なんて危《あぶ》ないことを。

八尋でさえ、無理だと判断して引きあげたというのに。

「ゴルフクラブで屋根を打ち壊そうとしたら、急に火が、ぱっと、ほんまに突然、お姉ちゃんのカーディガンの端が燃えはじめて」

瑞穂の声がまた震えた。

「お祖母ちゃんがお姉ちゃんのこと突き飛ばして、地面に転がしたから、すぐ消えたんやけど……そやなかったら、お姉ちゃん……」

泣いている。

「怖《こわ》い。もう怖い、こんなん……なあ、麻績さん、どうもならへん？　ほんまにどうにもできひんの？　怖いんよ……」

澪は受話器を握りしめた。

「――いま、山科の自宅？」

「うん……」

――どうしよう。どうしたらいいのだろう。

八尋はいま、京都にいない。年末から、仕事で四国のほうに出かけている。

「ちょっと、待ってて。いまから、行くから」

――わたしはなにを言っているのだろう。行ったって、どうしようもないのに。

でも、怖いと泣く瑞穂をただ慰《なぐさ》めて電話を切るなど、できない。

――怖いのは、よくわかる。呪いは怖い。すごく怖いものだ。

澪は子供のころから、ずっと怖かった。怖くて、泣いていた。でも、泣いてすがれる相手がいた。漣だ。

いまの瑞穂にとって、澪がそうなのだ。澪などただのクラスメイトに過ぎないのに、ほかにすがれる相手がいないのだ。

受話器を置いて、澪はコートをとりに部屋に戻る。コートを羽織《はお》りつつ玄関に向かうあいだ、どうしたらいいか、考えを巡らせていた。

「玉青さん、ちょっと友達のところに出かけてきます」

「友達？　どこの？　さっきの子？」

「藤さんて、山科の子です」

玉青は澪がひとりで出歩くことに難を示すが、友達と遊ぶのは歓迎する。茉奈と遊ぶときなどがそうだ。なので玉青は今回も、「行ってらっしゃい」と快《こころよ》く澪を送りだした。

澪は叡山《えいざん》電鉄の一乗寺《いちじようじ》駅に向かう。そこから出町柳《でまちやなぎ》駅で京阪《けいはん》線に乗り換え、さらに三条《さんじよう》駅で地下鉄の東西線に乗り換える。三条駅で乗り換えようとしているとき、うしろから腕をつかまれた。驚いて固まったが、「椥辻に向かうつもりか」と冷ややかな声がして、安堵《あんど》した。ふり返れば、高良が厳しい顔つきで澪をにらんでいた。

「見張らせてた烏《からす》に聞いたの？」

「あの家はやめておけ。ろくなことはない」

澪の問いには答えず、高良は言った。

「藤さん家のこと、知ってるの？」

「あの呪詛を教えたのは俺だ」

澪は目をみはる。「どういうこと」

「あの家に嫁いだ女は、洛中の蠱師だった」

「それは知ってるけど……知り合いだったの？」

「いいや。だが、蠱師かどうかは見ればわかる。忌部のような本流じゃないが、細々と蠱師をつづけてきた家系の娘だった。蠱師の娘などもらってくれる家はない、だから洛中を出て山科に嫁いだんだと言っていた」

駅構内の片隅で、高良は押し殺した声で語る。

「たいして力のある蠱師ではなかった。だが、どうしても呪いたい、あの家の女どもを末代まで呪いたいと言うから、教えてやった」

「どうして、そんな……」澪は眉をひそめる。

「呪えば呪うほど、邪霊が集まるからだ。種をまいて、作物を育てるのとおなじだ」

邪霊は、彼の糧《かて》である。

「そうやって俺がばらまいてきた呪詛が、この地には山ほどある」

「……あなたって、いつも京都に生まれるの？」

「そうじゃないこともあるが、ここがいちばん便利だ。盆地で、ほうぼうからひとが集まって、邪霊が育ちやすい。地層のように古くからの邪霊が折り重なっている」

想像すると、ぞっとする。澪にとっては、鬼門《きもん》に違いない。

「呪われた家なんて、いくらでもある。ひとつ祓ったところで、しかたない。やめておけ」

澪は、高良の顔をじっと見つめた。

「それはつまり、わたしには祓えるってことね」

高良がすこし目を見開いた。

「呪詛を教えたあなたが言うんだから、間違いないよね。——どうもありがとう」

歩きだそうとした澪の腕を、高良がきつくつかんで引き戻す。

「やめておけと言ってるだろうが」

「神を降ろすと体に負担がかかるから？」

高良は黙る。

「わたしは生きてるだけで邪霊に苦しめられて身を削るんだよ。おなじように身を削るなら、邪霊を祓いたい。呪いをなくしたい」

それは呪いに苦しめられてきた澪の、心の底からの希求だった。

「皆、おなじことを言う」

高良がぽつりと洩《も》らした。

「おまえたちは、どうして皆、おなじことを言うんだ？」

なにも覚えてないくせに、と痛みにうめくように言った。皆——いままでの、多気女王の生まれ変わりを意味するのだろう。澪とおなじ。

心の痛みに顔をゆがめる高良を眺めて澪は、ほんとうは、呪いをかけられているのは彼のほうではないか、と思った。

自分のかけた呪詛で、ずっと、とほうもなく長いあいだずっと、苦しんでいる。澪は、目の前に暗い帳《とばり》が降りてくるように思えた。誰も救われない、なんの益《えき》もない、ただ誰もが苦しむだけの呪い。

――終わらせなくてはならない。

「終わらせたい」

つぶやくと、高良が澪を見た。

「ぜんぶ、終わらせたい。――これも、いままでのひとがみんな、言ってたこと？」

高良は、返事をする代わりにかすかな笑《え》みを浮かべた。あきらめて、投げやりになったような笑みだった。

千年蠱と恋仲になれば始末されると言うけれど、澪は、自分にそうした危うさは感じなかった。高良に対して怒りや憎しみは感じないが、恋い焦《こ》がれもしない。そんな切実な感情を、自分のなかに見つけられない。

ただ、解放してあげたい、とは思った。自分とおなじように、この呪いの苦しみから、助けてあげたい、と。たぶん、澪が救われることと、彼が救われることは、おなじなのだ。

澪は高良から一歩離れた。

「わたしは椥辻に行くから、とめたいと思うなら、ついてきて」

そう言って、ホームに向かう。高良は舌打ちしたが、ついてきた。


地下鉄東西線は、文字どおり京都市内を東西に走る路線だが、蹴上《けあげ》駅あたりで折れ曲がり、山科駅からちょうど山科盆地の中央を縦断《じゅうだん》するように南下する。南下してふたつめの駅が椥辻駅である。高良とともに電車を降りると、改札口で瑞穂が待っていた。瑞穂は見知らぬ男子高校生に面食《めんく》らっているようだった。

「あの……、わたしの知り合いで。凪高良くん」

なんと説明していいか思いつかなかったので、そう紹介する。「呪詛に詳しくて」とつけ加えた。呪詛に詳しい高校生ってうさんくさいか、と思ったが、瑞穂は「そうなんや」と受け入れていた。目の下に青い隈《くま》がある。ずいぶん疲れているようだった。

「お姉ちゃんは母といっしょに六甲山《ろっこうさん》の別荘に移ってるんよ。転地療養《りようよう》したほうがええやろって」

歩きながら、瑞穂はいつもよりさらにか細い声で話す。藤家は駅から通りを北に行ったところにあるらしい。

「お姉さん、怪我《けが》がひどいの？」

電話では、たいした怪我はなかったと聞いたように思うが。

「怪我はそんなに……。あんな、お姉ちゃん、結婚がだめになってしもたんよ」

「えっ」

「まだ入籍してなかったんやけど……ほんで、あの火事で、相手のひとが怖がってしもて……うちの家の呪いに。そんな気味《きみ》悪い家やと思わんかったて……」

ひどい、と言うのは簡単だが、呪われた家など当人だって怖いのである。澪はなんとも言えなかった。

「……わたしな、昔からお姉ちゃんのこと、あんまり好きやなかった」

瑞穂は細い声で言う。

「美人なんよ。姉妹やとどうしても比べられるから、いやでしかたなかった。性格はきついし……わたしは言い返せへんから……」

口ごたえしそうにないのは、なんとなく想像できた。

「お祖母ちゃんが用意してくれたヒトガタも、そんなん迷信や、あほらしい、て捨てて……迷信や思ても、ありがとうて言うといたらええのに。お祖母ちゃんの気持ちとか、そういうの考えへんひとで……」

声が震《ふる》えている。瑞穂は腕をさすっていた。

「美人で、頭もよくて、子供のころからちやほやされてて、結婚相手もええひとで……ちょっとくらい痛い目みたらええのに、てどこかで思ってたんよ」

でも、と瑞穂は首をふる。「あんなやけどすればええとか思てたわけやない。泣いてるお姉ちゃん見たら、かわいそうになってくる。頭のなかで思てるんと、ほんまにそうなるんとは違う。好きやないて言うたけど、それもちょっと違う……なんか……好きとか嫌いとかいうのと違うんよ」

そういう気持ちは、澪もわかる。漣に対する気持ちは、好き嫌いでは表せない。もっと深く、ねじくれて、絡《から》みあった、解きほぐせない気持ちだ。

「わたし……怖いんよ。ちょっとでも、そういうこと考えてた自分が怖い。呪いって、お姉ちゃんに火がついたのって、わたしのせいなんとちゃうやろか。うちの家の呪いて言うけど、わたしがそう思てたせいもあるんちゃうかって。わたし……それがずっと怖くて」

瑞穂の瞳《ひとみ》から涙がこぼれた。彼女がほんとうに怖がっていたのは、これだったのか、と澪は思った。澪は瑞穂の背中を撫でたが、かける言葉に迷った。瑞穂の姉が火難に遭ったのは藤家の呪詛のせいであって、瑞穂は関係ない。しかし澪は呪詛の専門家ではないので、実際のところよくわからないし、そんな澪がなにを言ったところで説得力がないだろう。

「……呪詛に被呪詛者の意思は作用しない」

ふいに口を開いたのは、高良だった。

「え？」と澪は訊き返す。意味がいまいちわからなかった。

「呪いに、呪われる側の人間がなにを思ったかは、影響しない」

高良はややうっとうしそうに、ゆっくりと言い直した。

「呪詛とは、そういうものだ。放たれた矢であり、放ったあとでは、呪詛を行った者さえその矢はとり返せない」

高良の瞳に翳がよぎる。

「つまり、藤さんがなにを思ってたかは、お姉さんの災難とは関係ないってことだよね？」

澪が確認すると、高良はちらと視線を向けただけだったが、肯定だと解釈する。

「だって」と瑞穂に言うと、瑞穂は目をしばたたいた。涙がひとつ、ふたつと頬をすべり落ちる。

「あ……ありがとう……ございます」

そう言って、顔を両手で覆《おお》った。

――彼をつれてきてよかった。

やさしさや親しみのない高良の口調が、かえって淡々《たんたん》と事実だけを伝えてくれた。そのほうが、やさしい気遣いよりも瑞穂を救うだろう。

――いや、やさしいのか。

いまこのときに事実を教えてくれるところに、彼のやさしさがあるのではないか、と澪は思った。

「こっち……、これが祠です」

瑞穂が敷地の隅にある祠を示した。藤家は大きくて古いお屋敷で、母屋《おもや》のほか離れと納屋《なや》がある。ひとことで言って、貫禄《かんろく》を感じる屋敷だった。どっしりとしているると言うか。いっぽうで、片隅だけ暗く淀《よど》んでいた。黒い陽炎《かげろう》が上へと伸びあがり、揺らめいている。案内されずともその時点でわかった、そこが祠だった。

「禍々《まがまが》しいでしょう」

瑞穂の横に佇む七十代くらいの老婦人が、沈鬱《ちんうつ》な表情で言った。瑞穂の祖母、冴子である。黒いタートルネックに薄鼠《うすねず》のロングスカートを合わせ、肩にあたたかそうなストールを羽織っている。

「そやけど、いまのひとは呪いや祟りや言うても、本気にしません。わたしの息子でさえ……。耳を傾けてくれるんは、この子くらいです」

と、瑞穂のほうを見た。

「わたしも、この家に嫁いできたときには、まだなんにも知りませんでした。姑から聞かされたのは、娘が生まれたときです。娘を嫁がせるとき、わたしは姑の言うたとおりにヒトガタを作って祠に供《そな》えました。娘が嫁いでいった日、それは燃えて消えました。息子の嫁が娘を産んだとき、わたしはやはり姑から聞かされたのとおなじ話をしましたが、嫁は本気にしてませんでした。もう、そういう時代なんでしょう。でも、それで呪いが許してくれるわけと違いますさかい」

冴子はうつむきがちに、細い声で語った。

「そやけど……」と、彼女は顔をあげて、澪と高良のほうを見た。

「祓うて、本気ですか。こないだ来てくれはった蠱師さんは、下手《へた》に手を出さんほうがえて……」

その瞳には、怯《おび》えがある。よけいなことをして、呪いがひどくなったら、という。

澪には、自分がほんとうに祓えるのかどうか知らない。知っているのは、高良だ。

「できるんだよね?」と澪は高良を見て言った。高良は、うんざりしたようにため息をついた。

「……呪詛への対処は、基本的にふたとおりある。ひとつは、呪詛をたたきつぶすこと。もうひとつは、身代わりに転嫁《てんか》すること。『たたきつぶす』のうちには、呪詛返しも含まれる。なんにせよ、力業《ちからわざ》だ。俺は長らく呪詛を探究してきたが、結局、力業に勝《まさ》るものはない。だからこそ蠱師は、たたきつぶせる自信がなければ転嫁する方法を選ぶ。もし失敗すれば、自分に跳《は》ね返ってくるからだ」

高良はつまらなそうに語るが、実際「つまらんがな」と言った。

「力業の極地が、神降ろしだ。これほど暴力的なものはない。力業、つまりはエネルギーのぶつかりあいにおいて、たかが人間の呪詛が神に敵《かな》うわけがない」

「……はあ……」澪は、高良の長々とした話を自分のなかで咀嚼《そしゃく》する。

――つまり、わたしが天白神《てんぱくしん》を降ろせるかどうかにかかっている……。

いままでの経験では、神を降ろせたのは命の危機が迫《せま》ったときだった。今回もそうすればいいのだろうか。しかし、わざと命を危うくするというのは難しい。下手したらほんとうに死ぬ。

「神降ろしというのは、神に仕える巫者《ふしゃ》が生と死のはざまにわが身をなげうち、われを忘れて依り代となってこそ可能になる。かつて俺もそうだった。おまえにもその才があるんだろう。覚悟があるんだろうな、ここまで来たのだから。俺はとめたぞ」

そう言ったかと思うと、高良は澪の腕をつかんで、祠のほうに突き飛ばした。突然のことで、澪は叫《さけ》ぶ間もなかった。

祠にぶつかる、と目をつぶり身をすくめる。だが、恐れたような衝撃《しょうげき》や痛みは襲ってこなかった。澪はただ地面に倒れこんだだけだった。手をついて身を起こすと、祠はなかった。代わりに視界に入ってきたのは、足だった。

裸足《はだし》だ。乾《かわ》いた肌《はだ》が土で薄汚《うすよご》れている。足は藍木綿《あいもめん》の着物の裾《すそ》から出ていた。着物は何度も水をくぐったのだろう、色褪《いろあ》せている。ところどころ繕《つくろ》ったあとが見え、端はすり切れて破れていた。

足はぴくりとも動かない。澪は、顔をあげられなかった。足の持ち主が、澪をじっと見おろしているのがわかる。視線を感じる。動けなかった。

高良はどこにいるのか。ほかのひとは。祠の代わりに何者かが現れた以外、景色《けしき》は変わらない。ここは藤家の敷地内であるはずだ。なのに、音がしなかった。静まりかえっている。

ふいに、足首をつかまれた。ぎくりとしてふり返ると、澪の足首に黒い陽炎が蛇《へび》のように絡みついていた。強い力で引っ張られ、澪は倒れる。地面でしたたかに腹を打ってしまい、息がつまる。それでも足首を縛《いまし》める力はゆるまず、むしろ強さを増した。足首が引きちぎられてしまうのでは、と思えた。

しかし、突然その力が消えた。

「邪霊は俺が消してやる。おまえは呪詛を祓え」

高良の声が聞こえた。だが、周囲を見まわしても彼の姿はない。彼だけではなく、瑞穂や冴子もいない。そして、おなじだと思っていたが、あたりの風景もすこし違っていた。母屋の位置はおなじだが、建物が違う。茅葺《かやぶ》き屋根の大きな古い屋敷だ。離れはなく、納屋は板葺きで脇《わき》に薪《たきぎ》が積まれている。生《い》け垣《がき》もなければ門もない。四方に広がるのは田と山ばかりだった。

澪は、目の前にいた何者かの足が消えていることに気づく。それと同時に、煙たさが鼻をついた。ふり向くと、母屋の茅葺き屋根から煙が立ちのぼっていた。激しい音とともに戸が蹴破《けやぶ》られ、なかから炎《ほのお》に包まれたひとがまろび出てくる。男か女かもわからない、火だるまになったひとは地面を転《ころ》がり、のたうちまわる。家のうちは、赫々《かっかく》と輝いていた。部屋いっぱいに広がった炎で、こうこうと照らされている。そのなかでひとが数人、踊っているように見えた。炎にくるまれたひとたちが。不思議と、叫び声は聞こえなかった。聞こえるのは、木が燃えてはじける音と、低いうめき声だ。いや、それだけではない。

哄笑《こうしょう》が聞こえた。女性のものだろう、甲高《かんだか》い笑い声だった。

――火をつけたという、嫁のものだろうか。

その笑い声を聞いているうち、澪はひたひたと水がしみこむような、かなしみを覚えた。笑っているけれど、泣き声に聞こえてくる。むせび泣き、訴《うった》えているように思える。誰にも顧《かえり》みられることのなかった彼女の孤独を。

屋敷が炎に包まれてゆく。だが、屋敷は崩れ落ちることなく燃えつづけ、のたうちまわるひとたちの火も消えない。

――そうか。これが呪詛なんだ。

永遠に終わらない火の家。永遠に完結しない呪い。ずっと燃えつづける。わが身とともに。

呪詛とは、そういうものなのだろうか。未来永劫《えいごう》、苦しみつづけることを選んでも、呪いたかったのか。それはもはや、憎しみを通り越した思いではないだろうか。

──彼もそうか。

永遠に完結しない、巡りつづける呪い。千年蠱と多気女王のあいだで、ずっと廻りつづけ、くり返される。

──断ち切らなくてはならない。

澪のなかで、欠け落ちていた破片がかちりとはまるような、そんな感覚があった。

「雪丸」

決然と、澪は雪丸を呼んだ。白い狼《おおかみ》が澪の前にするりと現れる。つぎの瞬間には、雪丸は跳躍《ちようやく》し、鈴に姿を変えた。

軽《かろ》やかな鈴の音《ね》が響《ひび》き渡る。清澄《せいちよう》で、厳《おごそ》かな音色だった。夜が明けるように、あたりに白光《びやっこう》が満ちる。清らかで冷えびえとした光だ。

光を浴びて、炎が勢いよく燃えあがる。家が燃え広がってゆく。崩れ落ちることのなかった屋根が焼け落ち、柱が黒い炭と化し、崩れてゆく。家が燃え落ちる。

静かな嗚咽《おえつ》が聞こえたような気がした。

やがて、すべて燃え尽きたあとには、炭も、灰《はい》も、煙のにおいすらも残っていなかった。

ふたたび鈴が鳴る。霧が晴れるように、白い光は薄らいでいった。

ふ、と息をついたとき、急に腕を引っ張られた。

「――麻績さん！」

泣きだしそうな顔の瑞穂がいた。

「ああ、麻績さん、戻ってきはった」

「え？」

「急に消えてしもて、どうしよと思て……でも凪さんは大丈夫って言わはるし……」

瑞穂は混乱しているようだった。いまにも泣きそうだ。腕をつかむ手も震えている。澪は周囲を見まわした。高良と冴子がいる。あたりの風景が、もとに戻っている。大きな屋敷に、離れに、納屋に――いや。

澪は正面に顔を戻した。祠がない。あったはずのところに炭となって崩れ落ちていた。煙のにおいが残っている。

「麻績さんが消えてしもたあと、祠が燃えだして、あっというまに焼け落ちてしもたんよ」

瑞穂は困惑した様子で言う。澪もなにが起こったのか、よくわからない。家が焼け落ちるのを澪が見たいっぽうで、こちらでは祠が燃えた。

ただ、わかっていることもある。

「呪いは、なくなったと思うよ」

瑞穂に告げる。「え?」と瑞穂はぽかんとした。

澪は祠を指さした。

「ちゃんと焼け落ちたから。終わったんだよ」

「――ほんまですか?」

声をあげたのは、冴子だった。「ほんまに……?」

澪は高良のほうを見る。彼は無言でうなずいただけだった。

「ほんとうです」

冴子に顔を戻してそう言うと、彼女は気が抜けたようにその場にくずおれた。

「お祖母ちゃん」と瑞穂が駆けよる。

「よかった……ほんまに……」冴子は涙を流している。瑞穂はその手を握って、背中をさすっていた。

ふたりの様子を眺めていると、高良がいない。あわてて見まわすと、門から出てゆくところだった。澪は走って追いかける。ひどく疲れていて、足が重い。すこしの距離で息が切れた。

「待って」

高良はちらりとふり返り、路地で立ちどまる。

「走るな。倒れても俺はもう助けない」

「……わかってる」

いくらも走っていないのに、澪は肩で息をしていた。帰ったら、きっと寝込むだろう。

「身代わりのヒトガタを使えばすむものを、わざわざ寿命を削って助けて、馬鹿だな」

澪は高良の顔を見つめた。

「……呪詛は放たれた矢だって、あなたは言ったけど、わたしは輪《わ》だと思う」

「輪？」高良はけげんそうに眉をひそめる。

「永遠に終わりのない輪。ずっと完結しない。ずっと呪い、呪われる。——不毛《ふもう》だよね。どこかで断ち切らないといけないいんだよ」

高良は黙って澪の目を見つめ返す。

「わたしは断ち切りたい」

呪い、呪われることでつながっている、千年蠱と多気女王の輪を。

「――だったら」と、高良は口を開いた。

「俺を殺してくれるのか」

澪は高良の瞳のなかに、さきほど燃えあがる家から聞こえた嫁の声とおなじものを感じとる。かなしい瞳だった。

「おまえの言う輪は、俺からはじまる。俺が生まれ変わると、それを追っておまえが生まれ変わる。起点である俺を消滅させれば、おまえもふたたび生まれることはない」

「消滅……」

「祓い、滅《めっ》することだ。千年蠱を」

「わたしにできるの？」

「必ず」

簡潔にそう答えたあと、高良は目を遠くの山へ向けた。

「……多気がそうしてくれるはずだった。永劫、生まれ変わり災厄《さいやく》をもたらす俺の運命《さだめ》を、あいつが変えてくれるはずだった」

多気女王。澪は胸のあたりを押さえる。自分がその生まれ変わりであるというのが、いまだしっくりこない。なにひとつ覚えていないからだ。

——でも、わたしがやらなきゃならないんだ。

「わかった」

澪はうなずいた。だが、高良は暗い目をした。

「皆、そう言った」

「皆……」澪の前の、生まれ変わりたちだ。

「それでも、俺を祓えるだけの力をつける前に死んでいった。生まれ変われば、また一からはじめなくてはならない。おまえに記憶はないのだから……」

高良は深いため息をついた。心底、疲れたようなため息だった。

「俺はもう、期待はしていない。そんな時期はとうに過ぎた。もしかしたら、今回は……そう何度も希望を抱いて、結局は——」

俺を残して死んでゆくんだ、と高良は言った。寒々しい、さびしい声だった。澪の胸に痛みが走る。この痛みは自分のものなのか、それとも多気女王としての感覚なのか。

「俺に期待させないでくれ。もはやそれすら苦痛だ」

高良は澪に背を向け、歩きだす。澪はとっさにその手をつかんだ。

「勝手に失望されたって困る。こっちは知らないんだから」

「だから——」

「あなたにとっては、多気女王の生まれ変わりのひとりに過ぎないんだろうけど、わたしはこの人生しか知らないの。あなたのためってだけじゃない、わたしは死にたくないから、自分のために必死になるよ。死ぬ気であなたを祓う力をつける」

まくしたてる澪の剣幕《けんまく》に気圧《けお》されたように、高良は黙った。しばらくにらみあい、高良は澪の手をふり払った。

「勝手にしろ」

言い捨て、去ってゆく。「おまえみたいに気が強くてかわいげのないのは、はじめてだ」

かわいげで呪いが解けるもんか、と澪は胸のうちで毒づいた。

立ち去る高良の背中は、こころなしか、さびしげな翳が薄らいでいるような気がした。

「麻生田さん、師匠《ししょう》になってもらえませんか」

澪の言葉に、八尋はぽかんとしていた。仕事を終えて、しばらくぶりにくれなゐ荘に戻ってきた八尋は、居間でお茶を飲んでいるところだった。澪は彼の前で正座している。

「師匠てなに、蠱師の？」

「そうです」

「僕、弟子《でし》は募集してへんのやけど」

「月謝は払います」

「すぐお金の話するんやめてくれる？」

八尋は頭をかいた。「ほんで、なんで弟子入り？　君、蠱師になりたいんやったっけ？」

「いえ、経験を積みたいんです。できないことや知らないことが多いので」

「積んでどうするん」

澪は言葉に詰まったが、正直に言うことにした。

「千年蠱を祓います」

八尋は、「へえ」と言っただけだった。

「漣くんに教えてもろたらええんと違うん？　春からこっちの大学生なんやろ」

「受かるかどうか、まだわかりませんし」

「おい、聞こえてるぞ」

襖《ふすま》が開いて、漣が入ってくる。彼は来週、大学入試の二次試験があるので、昨日からこちらに泊まっている。

「わからないとか言ってないで合格を祈願しろよ」

「北野天満宮《きたのてんまんぐう》のお守りあげたでしょ」

「心がこもってないんだよ」

「こめてほしいの？」

「いるか」

漣はムスッとした様子でこたつにもぐりこむ。ちょうどそのとき、「はいはい、お鍋《なべ》の準備するで」と玉青が居間に入ってきた。そのうしろで朝次郎《あさじろう》がカセットコンロを抱えている。

玉青は「八尋さん、台所の土鍋、持ってきてくれはる」と指示して、八尋は寒そうに肩をすくめてこたつから出る。「僕も手伝います」と漣がすばやく立ちあがり、台所に向かった。大人には外面《そとづら》がいいんだから、と思いつつ澪もそのあとにつづく。今夜はみぞれ鍋なので、器《うつわ》に大根おろしが山盛りになっていた。八尋が鍋つかみで土鍋の蓋《ふた》を開けてなかをのぞく。湯気と出汁《だし》のいいにおいがふわりと広がった。鍋ではすでに白菜や長ネギ、豚肉が煮てある。「おいしそうやな」と八尋がつぶやき蓋を戻して、ついでのように「さっきの話やけどな、澪ちゃん」と言った。

「師匠やなんて大仰《おおぎょう》なことはできんけど、協力はしたるで」

軽い調子だったが、八尋は存外、幼子《おさなご》を見るようなやさしい目をしていた。

「ありがとうございます」

礼を言うと、八尋は鍋つかみをはめた手をふった。「八尋さん、鍋」と玉青に急《せ》かされ、八尋は鍋を抱えて台所を出て行った。

大根おろしの器を手に、漣が口を開く。

「千年蠱を祓うって？　おまえが？」

「それが呪いを解く方法だから」

澪は取り皿と箸を水屋簞笥《みずやだんす》からとりだしながら答える。澪と伯父の会話を盗み聞きしていた漣は、その後、伯父からことの詳細を聞きだしている。それで彼がなにを思ったのかは、わからない。

「……俺も京都に引っ越したら、修行する」

「え？　修行？」

「俺はまだまだ半人前だからな」

「ふうん……」

「力をつけて、そのうち凪高良をぶちのめしてやる」

──なるほど。

高良に会ったときに『半人前』と馬鹿にされたのを、そうとう根に持っているのだ。

「ふたりがかりで追いつめれば、なんとかなるんじゃないか」

「え？」

「千年蠱を祓うことだよ。俺には祓えなくても、弱らせるくらいはできる。……できるようになる」

澪は漣の顔を見あげる。漣はまっすぐ澪を見ていた。

──ありがとう、と言うのは、きっと違うだろう。

なんと言っていいのかわからなくて、澪はただ、

「……うん」

うなずいた。うなずきながら、澪は、高良にも寄り添ってくれるひとはいるだろうか、いてくれたらいい、と願っていた。

〈了〉

本書は、書き下ろし作品です。

著者紹介
白川紺子（しらかわ　こうこ）
1982年、三重県生まれ。同志社大学文学部卒業。雑誌「Cobalt」短編小説新人賞に入選の後、2012年度ロマン大賞を受賞。
著書に、「後宮の烏」「下鴨アンティーク」「契約結婚はじめました。」のシリーズのほか、『三日月邸花図鑑』『九重家献立暦』などがある。

ＰＨＰ文芸文庫　京都くれなゐ荘奇譚
呪われよと恋は言う

2021年５月25日　第１版第１刷

著　者　白　川　紺　子
発行者　後　藤　淳　一
発行所　株式会社ＰＨＰ研究所
東京本部　〒135-8137 江東区豊洲5-6-52
第三制作部　☎03-3520-9620（編集）
普及部　☎03-3520-9630（販売）
京都本部　〒601-8411 京都市南区西九条北ノ内町11
PHP INTERFACE　https://www.php.co.jp/
組　版　朝日メディアインターナショナル株式会社
印刷所　株式会社光邦
製本所　株式会社大進堂

ISBN978-4-569-90120-6